共和国的历程

海上盾牌

发起东南沿海反登陆反窜扰作战

刘干才 编写

蓝天出版社 吉林出版集团有限责任公司

图书在版编目（CIP）数据

海上盾牌：发起东南沿海反登陆反窜扰作战 / 刘干才编写.
—北京：蓝天出版社，2014.1（2023.3重印）
（共和国的历程）
ISBN 978-7-5094-1071-4

Ⅰ．①海… Ⅱ．①刘… Ⅲ．①革命故事－作品集－中国－当代 Ⅳ.
①I247．8

中国版本图书馆 CIP 数据核字（2013）第 305430 号

海上盾牌——发起东南沿海反登陆反窜扰作战

编　　写：刘干才
策　　划：金永吉　荆忠峰
责任编辑：祖　航　梅广才
出版发行：蓝天出版社　吉林出版集团有限责任公司
地　　址：北京市复兴路 14 号
邮　　编：100843
电　　话：010—66983715
经　　销：全国新华书店
印　　刷：北京柏玉景印刷制品有限公司
开　　本：710mm×1000mm　1/16
字　　数：69 千
印　　张：8
版　　次：2014 年 4 月第 1 版
印　　次：2023 年 3 月第 3 次
定　　价：29.80 元

前　言

中华人民共和国自 1949 年 10 月 1 日成立以来，已走过了六十多年的风雨历程。历史是一面镜子，我们可以从多视角、多侧面对其进行解读。然而有一点是可以肯定的，那就是，半个多世纪以来，在中国共产党的领导下，中国的政治、经济、军事、外交、文化、教育、科技、社会、民生等领域，都发生了深刻的变化，中国人民站起来了，中华民族已屹立于世界民族之林。

这段时间放到整个历史长河中是短暂的，有如弹指一挥间，但它带给中国的却是极不平凡的。六十多年里神州大地经历了沧桑巨变。从开国大典到 60 年国庆盛典，从经济战线上的三大战役到经济总量居世界前列，从对农业、手工业、资本主义工商业的三大改造到社会主义市场经济体制的基本确立，从宜将剩勇追穷寇到建立了强大的国防军，从废除一切不平等条约到独立自主的和平外交政策，从"双百"方针到体制改革后的文化事业欣欣向荣，从扫除文盲到实施科教兴国战略建设新型国家，从翻身解放到实现小康社会，凡此种种，中国人民在每个领域无不留下发展的足迹，写就不朽的诗篇。

六十几年在历史的长河中犹如沧海一粟，但对身处其间的个人却是并非无足轻重的。其间究竟发生了些什么，怎样发生的，过程怎样，结果如何，非人人都清楚知道的。对此，亲身经历者或可鲜活如昨，但对后来者却可能只是一个概念，对某段历史的记忆影像或不存在或是模糊的。基于此，为了让年轻人，特别是青少年永远铭记共和国这段不朽的历史，我们推出了这套《共和国的历程》。

《共和国的历程》虽为故事形式，但与戏说无关，我们是想借助通俗、富于感染力的文字记录这段历史。这套丛书汇集了在共和国历史上具有深刻影响的重大历史事件。在丛书的谋篇布局上，我们尽量选取各个时代具有代表性的或深具普遍意义的若干事件加以叙述，使其能反映共和国发展的全景和脉络。为了使题目的设置不至于因大而空，我们着眼于每一重大历史事件的缘起、过程、结局、时间、地点、人物等，抓住点滴和些许小事，力求通透。

历史是复杂的，事态的发展因素也是多方面的。由于叙述者的视角、文化构成不同，对事件的认知或有不足，但这不会影响我们对整个历史事件的判断和思考，至于它能否清晰地表达出我们编辑这套书的本意，那只能交给读者去评判了。

这套丛书可谓是一部书写红色记忆的读物，它对于了解共和国的历史、中国共产党的英明领导和中国人民的伟大实践都是不可或缺的。同时，这套丛书又是一套普及性读物，既针对重点阅读人群，也适宜在全民中推广。相信它必将在我国开展的全民阅读活动中发挥大的作用，成为装备中小学图书馆、农家书屋、社区书屋、机关及企事业单位职工图书室、连队图书室等的重点选择对象。

编　者
2014 年 1 月

目录

一、 沿海防卫作战

● 赵孝庵拿起一位战士的机枪，一连几梭子，几百发子弹马上在敌舰的舰桥和炮位上打了一个又一个洞。

● 邵剑鸣被弹片击中头部，当即倒了下来。随后，他又艰难地站了起来，举起枪射击，终因伤势太重，又倒下了。

● 眼前的一切让赵孝庵惊呆了，只见战友的鲜血染红了甲板，全艇只剩下他手里的这挺机关枪了，场面十分惨烈。

毛泽东部署沿海防务

1950 年，东南沿海受到国民党军队和海匪的袭扰与破坏，毛泽东和中央军委对此十分关注，为此，中央军委、毛泽东主席作出了相应的部署。

部署如下：

> 陈毅同志负责指挥华东全局，谭震林同志负责浙江一线，叶飞同志负责福建前线。

原来，在这一年，人民解放军主力部队已经投入朝鲜战场或正在准备入朝，华东地区主力部队有所减少，新建的空军接替了苏联空军负责上海的防空任务，还无法保卫其他防区。

因此，华东沿海地区的形势一度比较紧张。国民党军队在美国海空军的支援下，随时对东南沿海进行袭扰或者登陆窜扰。

另一方面，在美国侵朝的刺激下，福建省内的土匪活动自 1950 年秋季起又猖獗起来。台湾当局也不断派遣人员潜入大陆，并空投武器、物资支援内地的土匪，企图对沿海的解放军形成内外夹攻之势。

毛泽东、中央军委电令华东军区，取消再攻金门的任务，全力以赴进行剿匪，限于6个月内消灭一切成股土匪，并积极巩固海防，然后和袭扰的国民党军队作坚决的斗争。

朝鲜战争爆发之后，美国政府宣布美国第七舰队进入台湾海峡，公然侵犯我国领土、领空和领海，支持蒋介石集团进犯大陆。

华东沿海，特别是福建前线，形势十分紧张。国民党军队随时有可能在美国海空军的支援下，发起对东南沿海的攻击，必须认真对待。

在初期，敌人主要以海匪武装形式登陆窜犯大陆沿海地区，进攻浙东沿海岛屿，继而驱使海匪入窜内地，企图支援陆上土匪。

在进行这些窜扰的同时，国民党当局又以海匪结合正规军在沿海局部地区形成相对优势的兵力，实施登陆袭扰，妄想"以大吃小"，歼灭解放军的一些守备部队，扩大政治影响，破坏解放军的沿海防御。

另外，敌人在长江口多次进行破坏，在部分水域设置大量水雷，直接威胁我船只的航行，导致东南各省的经济发展陷入困境。

国民党当局从6月份起，对台湾、澎湖、金门的国民党军队进行全面整编，将原有的20个军的番号缩编为12个军又6个独立师。

另外，国民党当局还组成了以金门、马祖和大陈为中心的3个守备区，还将收编的海匪武装"东南人民反共救国军"改编为"中华反共救国军",让一些为非作歹的土匪强盗都为其卖命。

蒋介石还炮制了"一年准备,二年反攻,三年成功"的计划,大肆叫嚣"趁共产党立足未稳,加紧反攻,收复失地"。

从1950年7月,国民党台湾当局利用大陆军民致力于清剿匪特、进行土地改革和抗美援朝等项工作,而海防力量相对薄弱的时机,不断指使国民党军对大陆特别是东南沿海地区,进行中、小规模的登陆窜犯活动,气焰十分嚣张。

1950年下半年至1951年上半年,台湾国民党军得到美国援助的可装备20个师的武器,武器装备的实力大为提高。美国名为使台湾"中立化",实际上是鼓励国民党军袭扰大陆。

不过,在这之前,蒋介石对出兵朝鲜表示十分有兴趣,他希望与美国等国搞得更加紧密,借此对新中国形成威胁。美国的军政首脑经研究后认为,起用台湾军队只能有一点表面象征价值,却会遭英国等盟国的强烈反对,还有引发同新中国全面战争的危险,所以认为不能让国民党出兵朝鲜,否则后果会很麻烦。

而为了拉拢国民党继续对抗新中国,美国一些高级官员认为,蒋介石集团盘踞台湾及东南沿海的一些岛屿是进攻大陆的最好跳板,这也是美国阻止新中国解放台湾的一个目的。

在这种目的下，美国政府在发动朝鲜战争的同时，又策划、指使国民党军不断从海上、陆上、空中对大陆进行袭扰、破坏活动。

美国妄图趁新中国刚刚建立，国内尚不稳定之际，破坏和颠覆新生的中华人民共和国政权，复辟国民党在中国大陆的统治，重新变中国为美国的殖民地，以实现其称霸亚洲的狂妄野心。

沿海防卫作战

解放军歼灭"两龙游击队"

1950年1月1日，国民党"两龙游击队"分两批三股登陆，首批第一、第二支队在漳浦将军澳登陆，窜抵南靖湖。

敌人登陆后，解放军第九十一师二七二团一个连闻讯赶到，敌人逃窜。二七二团一个连跟踪追击敌人三昼夜，至平和、南胜附近将其全歼。

其实，早在1949年，国民党军司令胡琏挑选其尉官以上军官230余名，组成"两龙（龙溪、龙岩）游击队"，企图窜入福建内地组织武装，壮大陆上土匪势力。

在这之前，为了达到袭扰大陆东南沿海的目的，美蒋共同策划了破坏东南沿海的反动方案：

一、大力培植、发展大陆的匪特武装，建立"敌后根据地"，扰乱社会秩序，破坏人民政权的巩固，以其为"反攻大陆"的内应。

二、加强在沿海盘踞岛屿的军事力量，加紧对大陆及沿海地区的袭扰，伺机进行"局部反攻"。

三、配合美国对新中国封锁、禁运政策，以海空军劫掠商轮、渔轮，破坏新中国国际、国内的海上航运交通和渔业生产。

四、轰炸、炮击袭扰大陆沿海城市，破坏生产建设和人心安定。

可以看出，国民党当局在大陆沿海地区发动冒险的军事进犯都出于这一反动方案，而有了美国的支持和策划，国民党的袭扰变得有恃无恐。

据不完全统计，从 1949 年秋至 1953 年 7 月，国民党军对大陆进行的上百人至上万人的中、小规模登陆袭扰活动达 70 余次，出动的总兵力达 4.7 万余人。

解放军能让国民党的阴谋得逞吗？不可能，解放军已经下定了剿敌的信心。于是，一场轰轰烈烈的反登陆、反袭扰的军事行动开始了，目的就是挫败敌人反攻大陆的阴谋。

解放军根据国民党军以沿海岛屿为袭扰重点、企图扩展海上阵地的阴谋，采用攻守结合的办法，一边进剿逃往岛屿的残余国民党军队，一边打击国民党军对已经解放岛屿的袭扰活动。

敌人第二批第三、第四支队，于 1950 年 1 月 2 日仍在将军澳登陆，然后分为前后两股。

前股于 1 月 4 日在南靖境内被第二七二团两个连及当地中队歼灭。

后股于 1 月 7 日抵南靖小山城一带，受解放军南靖县大队打击后，向平和逃窜。

1月8日，解放军第六军分区警备团一营，配合平和县警备营一个连，星夜追剿，经一昼夜急行军后与敌接触，俘敌8名，余敌闻风逃窜。解放军跟踪追击，9日追至平和、永定、南靖交界之平寮山区，匪众无路可逃，负隅顽抗。

　　10日上午，解放军分数路向据守山顶的敌人进行攻击，将其歼灭。至此，"两龙游击队"被全歼，其少将司令贺可泉亦被俘。

炮艇大队请求海军援助

1950年夏，炮艇大队长陈雪江在解放滩浒山岛后，率领10艘炮艇，来到舟山群岛定海码头。第二天，陈雪江又接到华东军区海军"南下海门，配合二十一军执行任务"的重要命令。

原来，为了有效打击敌人对东南沿海的袭扰，华东军区海军在海上展开了剿敌行动，打算把敌人袭扰大陆的基地摧毁，这个任务落在了陈雪江的身上，而他对剿敌行动也信心百倍。

陈雪江率领的炮艇大队来到海门码头，他和政治处主任廖云台从炮艇上走下来，二十一军六十二师周纯麟师长、孙云卿副师长带着机关人员已经在那里等候多时了。

他们驱车来到六十二师师部，走进了会议室。正副师长介绍了当前敌人对东南沿海的袭扰情况，以及摧毁敌人在大陈岛基地的任务。

当时，大陈岛上驻扎着国民党海军的"温台巡防处"和一个陆战营，加上其他海匪部队，约7000人。他们以这里为基地不断对大陆沿海进行袭扰、破坏。

孙副师长对大家介绍说："在这个岛屿上，敌人除了有7000多人外，还有3艘军舰和5艘大型炮艇，其中有

沿海防卫作战

一艘是千吨的'太'字号护卫舰。"

此外，孙副师长还谈了进攻大陈岛的想法，要想彻底消除敌人对大陆沿海的袭扰，最好的办法就是对敌人的老巢进行打击，他的想法如下：用 50 至 60 艘机帆船，装载 4 个加强营，约 5000 人，进行突然袭击。

孙副师长为了使陈雪江和廖云台赞同他的想法，还作了解释，他说解放军的 5000 人对敌人的 7000 人，是完全有能力打败敌人的。

孙副师长认为敌人有两个致命弱点：第一，敌军没有做长期守岛的准备，因此，没有严密设防；第二，敌军有 8 个司令、8 个系统，但没有统一的指挥。

孙副师长讲完后，周师长接着强调了解放大陈岛的意义，他说：大陈岛是敌人反攻大陆的浙江"根据地"，驻军最多，力量最强，打掉了这个根据地，其他外围岛屿上的敌人就容易收拾了。

接着，孙副师长叹了一口气说："我现在最担心的是咱们能不能登上大陈岛，登上去了能否保证彻底摧毁敌人。如果敌人发现咱们要袭击大陈岛，敌人的舰艇就会进行阻击；如果我们部队登上了岛，敌人也必定要从海上打击我们。"

对于孙副师长的话，周师长很有同感，他在那里点了点头，说道："我们二十一军之所以等你们来，一个很重要的原因在于我们曾经在海战中失利过，特别是金门一战的教训。我觉得，在金门战斗中我军之所以损失较大，很大程度上是没有海军掩护和支援造成的，再加上没有估计到水文、气象的恶化，登上去的部队都壮烈牺牲了，这个教训可不能再重演啊!"

听了两位师长的话，陈雪江的神情也变得凝重起来。他是一个做事很小心谨慎的人，办不到的事情，从来不会随便承诺，他说道："周师长、孙副师长，你们对我们炮艇大队的估计过高了。"

接着，陈雪江拿出一份材料，他向大家介绍了炮艇大队的情况：

炮艇大队成立不久，目前有 10 艘炮艇，其中有 6 艘是日本巡逻艇，4 艘是经过改装的美国登陆艇，排水量都只有 25 吨，航速都在 12 节左右。

巡逻艇上装有 13 毫米双联装机关枪 1 挺，重机枪 2 挺；登陆艇装有 12.7 毫米机关枪 2 挺……

周师长边听边数，嘴里念着："10 艘炮艇加起来才 250 吨，人家一艘'太'字号护卫舰就有 1000 多吨，他们一艘炮艇的吨位就大大超过了我们 10 艘炮艇的总和!"

周师长心里没有底，问道："你们有没有把握啊?"

陈雪江实话实说："要说摆开阵势同他们打，正像有些人说的，只是'鸡蛋碰石头'。"

周师长建议道："你们是不是向上级请示一下，提个建议，叫华东海军张爱萍司令员派一艘大一点的军舰来也好！我们也向上级请示一下，请浙江军区与华东军区海军联系派军舰来。"

几个人讨论之后就分头向各自的领导机关发了电报。六十二师向浙江军区发的电报中详细地分析了敌我海军兵力状况，说明了自己的一些忧虑，要求尽快派军舰来配合作战。

而陈雪江给张爱萍发出的电报里，并没有分析敌我力量的对比，也没有反映自己的忧虑，对这些，他在电报中只是一笔带过。

因为他非常清楚，解放军的军舰多数没有修好，又没有空中掩护，海军根本不可能派军舰南下。陈雪江电报的主要内容是作战方案的基本部署。

陈雪江召开作战动员会议

陈雪江等人发出去的电报，很快都得到了上级部队的回复。浙江军区说，目前派不出军舰，要他们和海军炮艇大队想办法克服困难。

张爱萍给陈雪江的电报内容如下：

> 发扬勇敢战斗精神，克服一切困难，坚决完成任务。军舰派不出来，只有自己想办法。办法越想越具体。海军炮艇大队的任务主要有两条：一是掩护陆军登陆部队在航渡中不受敌人舰艇袭击；二是陆军部队登陆时，不受敌人舰艇阻击。
>
> 为了加强掩护火力，在每艘炮艇上派四五个陆军战士，准备扔集束手榴弹和小炸药包；同时，陆军部队拨出机帆船，装上山炮，编入炮艇大队。

接到上级的指示后，他们就开始行动了，并决定于7月9日发动进攻。

陈雪江回到炮艇大队把这次行动告诉了战士们，消息传开之后，战士们就热烈地讨论开了。

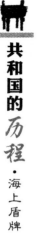

有一大部分从陆军来的战士及一部分原海军人员，对炮艇出海作战持十分积极的态度，因为他们经过了多次海上作战，又顺利解放了滩浒山岛，兄弟部队又解放了苏南诸岛，所以并不把敌人放在眼里，大家都做好了战斗的准备，好杀杀敌人的嚣张气焰。

但部分原海军人员的态度呈现两种情况：一种是观望；另一种是反对。

反对者忧虑地说："我们的 10 艘小炮艇去对付那些大舰大艇，这是鸡蛋碰石头！是白白送死啊！"

炮艇大队的战士们展开了激烈的讨论，对于大家的顾虑，陈雪江早就想到了，所以，他不感到奇怪，问题是如何去说服他们。

在这个时候，党员干部要起带头作用，炮艇大队的干部、艇长、中队长，大部分都由原海军人员担任，他们的一举一动都被大家注视着。

陈雪江觉得，要想让战士们坚定这次行动的信心，干部是关键，所以，他与廖云台商量后决定，召开艇上干部会议进行战斗动员。

会议是在一个树林里召开的，在这次动员会议上，陈雪江没有长篇大论，也没有劝说大家，而只是用 10 分钟介绍了作战方案，然后是进行讨论、辩论。

陈雪江介绍完后，邵剑鸣也站起来讲话。他是陆军来的连长，由于技术学得好，担任了分队长兼 3 号炮艇艇长，这在陆军的干部中是不多的，而他对这次行动充满了信心，他对大家进行了积极的鼓励。

邵剑鸣讲完后，张家麟就接着发言，他是原海军战士，为人直来直去，有话从来不憋在心里。

张家麟分析了敌我海上力量形势，他说："敌人舰艇总吨位比我炮艇大队多数倍；敌舰火炮最大口径是'太'字号的76.2毫米，我艇的武器最大口径是13毫米；敌人舰艇航速每小时最低也有10节以上，有的可跑20多节，我炮艇速度才12节左右。海战中的优势，都被敌人占有，我们却处于劣势！"

张家麟认真分析后，对大家说："在这种情况下与敌舰艇作战，这不是'鸡蛋碰石头'吗！"

这个时候；有个原海军人员也说道："对了，听说大队长也说过，这是'鸡蛋碰石头'！"

大家又说到陈雪江身上了，都觉得大队长不会说这种话。

于是，就有人问道："大队长，你说过这种话吗？"

陈雪江看了看大家，点头说道："说过。"

他又接着解释说："但是，我说这话有个前提，如果我们摆开阵势与敌人舰艇展开交战，那就是'鸡蛋碰石头'。"

有的人发问："不摆开阵势打，又怎么打得着敌人舰艇呢?"

一个人说道："可以偷袭呀！"

又有人发问，说道："大白天的，海面又那么宽，怎么偷袭啊?"

那个人就回答说:"你真笨,大白天谁去啊,去了肯定会暴露目标,我们可以在夜里去偷袭他们!"

刚才问话的人还是不满意,继续问道:"天黑看不见怎么打得着?"

那人回答他说:"靠到它跟前去打嘛!"

之后,大家继续对这个问题进行激烈的讨论。从陈雪江的发言中,干部们领会到了他的战术意图。

陈雪江在会上表示:艇小,是处于劣势,也正是我们的优势;我们利用艇小、机动性好的优势,趁着天黑,悄悄地摸到敌人舰艇的锚地,出其不意地进行突然袭击。

我们的武器口径小,是劣势,这也正是我们的优势;我们可以钻到敌人舰艇的鼻子底下打近战,这样,我们的武器可以充分发挥火力,而敌人的大口径炮射程远反而发挥不了作用,成了"死角"。

总之,我们采取夜间突然袭击敌舰艇锚地,与敌舰艇近战,把敌舰艇打出锚地,才便于登陆部队登陆。

邵剑鸣勇敢出击敌舰

7月9日晚上，一切准备就绪，一支登陆编队由海门起航，向大陈岛方向秘密驶去。

还没有到达目的地，在中途突然遇到了大风。风力大概已经达到了6级以上，吹得海浪翻滚，船只也在水里摇摆不定，而且风力还在继续增强。

面对这么大的风浪，炮艇还能抗得住，可陆军的机帆船就难以支撑了，因此，编队只好隐蔽到附近的琅矶山岛。

琅矶山岛位于台州湾南侧，由黄琅和白果山两个小岛组成。两岛中间夹一湾碧水，便是金清港，出港向东14海里就是大陈岛了。

陈雪江选定琅矶山岛为集结地点，原因在于这里地势高，树木繁茂，艇船在湾内待机十分隐蔽，可以给敌人意料不到的打击。

根据作战指挥所规定，陈雪江等人白天在岛上观察了大陈岛敌舰锚地和预定登陆点的地形。天渐渐黑的时候，艇船编队才秘密出航，以每小时6节的速度悄悄地向大陈岛驶去。

当他们行驶到琅矶山与一江山之间的海面时，风浪越来越大，成为一座座巨大的浪山，从右侧压过来，所

沿海防卫作战

有的船只都剧烈晃动着，随时都有艇翻人亡的危险，这让大家忧虑万分。

当时在海上的陆军六十二师师长周纯麟担心艇船经受不住，决定撤回琅矶山避风，在这样的风浪下实施登陆作战是非常不利的。

不过在这个时候，战士们却下定了登陆作战的决心，特别是那些曾是国民党海军的人员，更是跃跃欲试，战斗情绪非常高。他们想通过这次战役来证明自己的实力，回报人民群众的支持。

天越来越黑，陈雪江命令一分队长张家麟和三分队长邵剑鸣分别率领103号和3号炮艇在金清港外锚泊警戒，监视海面敌情。

炮艇大队是1950年2月在镇江刚成立不久的一支队伍，此次出海作战，谁都没有十分把握。

到7月10日，在茫茫的海面上弥漫着薄薄的雾气。邵剑鸣从望远镜中发现正前方海面有一个黑点，而且越来越近，根据他平常的作战经验，很快判明这是一艘国民党的大型炮艇。

邵剑鸣是1944年驻刘公岛汪精卫的伪海军练兵营的起义人员，参加人民解放军后作战勇敢，曾多次立功受奖。面对渐渐逼近的敌人炮艇，他马上叫来张家麟准备迎敌作战，他对张家麟说："来者不善，怎么样，咱们主动出击？"

张家麟比邵剑鸣年长，做事情一向小心谨慎。见邵剑鸣如此急躁的样子，就提醒道："我们的任务是负责警戒，发现敌舰应该先请示。"

邵剑鸣等不了，说："等返回去请示再出来，敌人早溜了。"

邵剑鸣继续大声说道："敌人已经成了笼中之鸟，等上边批准了，恐怕敌人早就没踪迹了。依我看，咱们还是先把敌人干掉再上报吧，怎么样？"

张家麟毫不让步，说道："不行，一定要先请示！"

邵剑鸣求战心切，说："这样吧，你回去报告，我在这里把敌人拖住。"说罢，邵剑鸣便命令3号炮艇调转方向，全速向吨位大于自己数倍的敌艇冲去。

张家麟见说服不了邵剑鸣，也就只好采纳了他的意见，便喊了声："那你要小心啊！"

之后，张家麟领着103号艇返港报告，请求兵力的支援，不然3号炮艇就很危险。

邵剑鸣靠近敌人的炮艇后，便加速向敌人驶去，这才发现敌人是一艘"永"字号扫雷舰，排水量650吨，比25吨的3号炮艇大26倍。

敌舰的火力也相当强，前甲板有一门76.2毫米炮，后甲板装的是一座联装40毫米炮。敌舰见3号炮艇孤艇追来，故意掉头向大陈方向逃窜。

邵剑鸣以为敌舰害怕，指挥3号炮艇猛追，不知不觉地陷进了敌人的圈套之中。在3号炮艇上的16名战士个个都是勇敢杀敌的好汉。怒火中烧的炮手赵孝庵，早

沿海防卫作战

已瞄准了敌舰的指挥台，打算把敌舰打个稀巴烂。

突然，敌艇放慢了航速，在距离600米处首先向3号炮艇开火。一发发炮弹在3号艇的四周爆炸，海面上腾起一条条水柱。

枪炮兵赵孝庵有些克制不住了，说道："分队长，开火吧！"

邵剑鸣知道敌强我弱，只有勇敢地靠上去，才能发挥小艇的优势。直到离敌人越来越近了，邵剑鸣才下令开炮，全艇所有的炮火一起向敌舰轰击。

赵孝庵拿起一位战士的机枪，一连几梭子，几百发子弹马上在敌舰的舰桥和炮位上打了一个又一个洞。面对解放军的猛烈扫射，敌人吓傻了，没想到对方这么拼命，敌舰尾升起了浓烟和烈火。不幸的是，敌舰打来的两发炮弹也击中3号炮艇的操舵室，副艇长许镇和舵手马全福都倒在了血泊里。

邵剑鸣原想边打边退，但已来不及了。就在这时，一发炮弹在驾驶台爆炸，邵剑鸣被弹片击中头部，当即倒了下来。随后，他又艰难地站了起来，举起枪不断射击，终因伤势太重，又倒下了。

赵孝庵抬头看了看，眼前的一切让他惊呆了，只见战友的鲜血染红了甲板，全艇只剩下他手里的这挺机关枪了，场面十分惨烈。正当赵孝庵瞄准敌舰继续射击的时候，他的右腿和右臂也接连中弹。赵孝庵忍着巨大的伤痛，拿着机枪朝着敌人更猛烈地射击。

没多久，赵孝庵的右腿又一次负伤，赵孝庵忍着伤口的疼痛，向舵房爬去。失去指挥的 3 号炮艇又连中数弹，在海浪里摇摆不定。而此刻，枪炮兵赵孝庵强忍伤口的疼痛，继续爬向舵房。

　　他想把战艇开回去，把牺牲的战友带回去。经过炮位旁时，他见邵剑鸣斜歪在一边，连忙将他身子扶正，这才发现他的心脏已经停止了跳动。他默默地跪下来，把邵剑鸣的手摆正，坚定地说："分队长，我一定要为你报仇，一定要把你带回去。"

沿海防卫作战

赵孝庵与大海殊死搏斗

赵孝庵继续往操舵室爬去，在疼痛中还没有爬多远，他就没有力气了，最后是滚进操舵室的。

赵孝庵使尽全身的力气，用负伤的手臂，扶着舵轮，咬着牙，掉转了船头向前驶去。

可是3号炮艇还没有驶离敌人的火力网，炊事员周继友跑上来报告赵孝庵说："不好，艇尾已经下沉了！"

危急时刻，赵孝庵马上命令所有的战士都爬上甲板，穿好救生衣，让炮艇开足马力，并死死关住舱门，防止炮艇大量进水。

赵孝庵认为，只要机舱没有进太多的海水，炮艇能以最快的速度行驶，就有可能把艇开回去，从而跳出敌人的包围。

但事实并没有他想象的那么简单，海水还是冲进了机舱，机器突然停止转动，艇身开始慢慢下沉。

处境越来越危险，赵孝庵马上下令大家下水逃生，而他自己却一个人站在舱门口。

时间就这样一分钟一分钟地过去了，赵孝庵依然屹立在那里。

此刻，恶魔般的大海，掀起阵阵的海浪，袭击着甲板。而丧心病狂的敌人，又绕着圈子，继续用炮弹轰击3

号炮艇。

在敌人炮火的轰击下，3号炮艇漂到大陈岛和一江山岛之间的地带时，就慢慢地下沉了。

炮艇上牺牲的解放军战士们，就这样永远长眠在大海里了。直到海浪淹没了艇身，赵孝庵才漂浮起来。

此情此景，让负伤的赵孝庵悲痛万分，说道："我要划回去，我还要来报仇！"

在巨大的海浪里，赵孝庵与死神进行着殊死的搏斗，让大海都为之震撼。

赵孝庵被一波又一波的浪花吞噬着，10多处伤口泡在海水里，鲜血把水面都染红了。

他的右臂失去了知觉，开始往下坠，只能凭着一只左臂同海浪搏斗，而他咬着牙没喊一声疼。

赵孝庵朝着营地的方向奋力往前游去，从早上一直游到中午，又从中午游到太阳落山。

海水不断地漫进他的鼻子里，呛着他的喉咙，感觉咸咸的。

一天都没有吃饭喝水了，此刻他的肚子里空空的，渴极了，饿极了，多想吃上一点饭啊，但他知道必须马上游回去。

巨大的体力消耗，让赵孝庵已经筋疲力尽了，没有一点力气再往前游了。

一个念头在他的脑海里浮现出来："解开救生圈沉下去吧！"

沿海防卫作战

但是赵孝庵很快就把这个念头打消了。

这个时候，他发现了前面有一块礁石。

面对那块礁石，赵孝庵好想停下来到上面休息一会儿啊！可是，他现在已经没有一点力气了。于是，他决定借助海浪的推力登上礁石。

海浪每冲击一次，他就紧紧抓住礁石向前挪，接着一点点地往前移。

在一次又一次的挣扎和努力中，赵孝庵终于被海浪推上了礁石，但那个时候他已经昏倒了。

不知道又过了多长时间，在剧烈的疼痛中他才渐渐苏醒过来。

赵孝庵迷迷糊糊地睁开眼睛，看到自己的伤口由于大量流血，连指甲也全白了，如果再流的话恐怕就要成"干柴"了。

赵孝庵撕烂自己的汗衫和短裤，裹着几个大伤口。他想到海水可以止血，又拼命地爬下水去，海水冰凉，让他打了个哆嗦。被太阳曝晒过的伤口，在海水浸过之后就钻心地痛。忍着疼痛，赵孝庵又开始往前游。

后来，赵孝庵终于被山上的陆军战士和渔民群众发现并救了起来。

赵孝庵同海浪整整搏斗了 10 多个小时，游了 20 多公里。

赵孝庵被救起来的时候，他的伤口已经被腐蚀，筋疲力尽，再也没有力气动弹了。不过，他的大脑却很清楚，在这个时候还惦念着战友的情况。

他睁开眼睛说的第一句话就是："赶快派船去救人，还有同志没有回来！"

救他的人说道："都已经回来了。"

听到自己的战友还在，赵孝庵焦急的脸上，终于露出了欣慰的笑容，静静地睡了。

而在陈雪江那边，当时他听到外海响起激烈的炮战声，担心是不是出了什么问题。不久，就有渔民回来报告：3号炮艇与敌人战斗，已经沉没了！

陈雪江急了："这到底是怎么回事？谁叫他们出击的？"

陈雪江知道，3号炮艇上除原有11个人外，还有陆军5人，共16人，如果沉没了，他们现在怎么样了？

"张中队长，快派艇出去找吧！"陈雪江对张大鹏下完命令后，又转身对周师长说："我们快去发报，请上级机关与地方政府联系，通知渔民也出去找。"

消息传来：3号炮艇的枪炮手赵孝庵、炊事员周继友被救起来生还了，艇上的5名陆军战士救回了3个，其余的没有消息。

3号炮艇就这样沉没了，11名战士壮烈牺牲，对陈雪江来说是一个莫大的打击，要知道这些战士都是他的心头肉啊。

对于邵剑鸣的勇敢他是肯定的，精神可嘉。但对于他的擅自行动，特别是暴露了我军的作战目标，陈雪江

沿海防卫作战

为此感到很懊恼，但他静下来一想，陈雪江首先责备自己没有严格管理自己的队伍，他也有失误。

陈雪江马上给华东军区海军作了报告，承担了责任。六十二师也向浙江军区和二十一军作了报告。

解放军还没有登陆就受了挫折，攻打大陈岛的作战意图就这样暴露了！

二、 披山岛登陆战

●作战命令下达之后，解放军各艇的大炮射出一颗颗炮弹，在敌人的阵地上炸开了花。

●脊背已经负伤的操舵兵陈贵松，忍着剧痛将艇首对准"新宝顺"号尾部，开足马力撞了过去。

●枪炮兵龙钦祥、炊事员厉保安和一位向导民工，带着炸药包和集束手榴弹，趁撞艇的时刻，纵身跳上敌艇。

张爱萍下令撤回海门

就在陈雪江考虑是否还按原计划行动的时候，浙江军区发来了加急电报：

立即停止行动，撤回海门待机！

原来，华东军区海军张爱萍司令员得知 3 号炮艇被击沉的消息后，心里非常痛惜。他马上报告华东军区，军区考虑到进攻大陈岛的作战意图已经被敌人察觉，便下令停止行动。

这次和敌人交战后，部队情绪十分低落，许多人都有不同意见。

作为海上指挥员的陈雪江羞愧得抬不起头来，无论他走到哪里，陆军战士都用一双埋怨的眼睛盯着他，这让他如芒刺在背。

陈雪江出来时，有一个人在他的背后说道："我早就说小炮艇不能出海作战，可人家偏不信，这不，摔跟头了吧？"

另一个人接着说道："几艘小炮艇，不知天高地厚的，竟敢跟人家的大军舰硬碰，肥肉没吃到，反倒被肉吃了，教训啊……"

一个河南口音的老兵说得更难听："俺南征北战这么多年，一根汗毛都没有掉过，千万不要在革命胜利的时候，让这不争气的炮艇把俺这条老命送给鲨鱼啊！"

面对大家的指责，陈雪江觉得无颜面对。他只有一个办法，就是保持沉默。

六十二师的孙云汉政委理解陈雪江这时的心情，此刻他并没有责怪炮艇大队。

但是，在一次会上，周师长急了："你们都不说话怎么行，我们总得给军区一个答复呀！"

陈雪江许久才说道："海门，总是要回去的，只是我们现在回去不是时候啊！"

周师长问："为什么？什么时候回去好呢？"

"3号炮艇不幸沉没，主要是我的责任，我没有严明战场纪律。"

周师长有点不高兴了，说："陈雪江同志啊，你又来这一套，现在不说这个好不好啊？咱们还是坐下来认真谈一下吧。"

陈雪江忧虑地说："在这种情况下回海门，以后思想工作就很难做。依我看，这个时候回海门，陆军部队，还有渔民群众的思想工作也难做。"

披山岛登陆战

周师长着急地说："那你说下一步该做什么，你有什么好办法？"

陈雪江想了想回答说："不管怎么样，我都觉得我们不能就这样回海门，我们应打个胜仗再回去，哪怕打一个小胜仗，这样的话，对大家才好有个交代。"

孙副师长急切地问："陈雪江同志，具体地说说你的看法！"

陈雪江认认真真地回答道："我觉得，应该选一个大陈岛的外围岛打，这个外围岛，既要容易打，又能打痛敌人。孙副师长，你熟悉这里的情况，看看有没有这样的岛。"

"你这个主意好，"孙副师长一听，直拍大腿，"有这样的岛子！"

这一带，有两个比大陈岛好打的岛子，一个是一江山岛，另一个是披山岛，都是大陈岛的外围岛屿。这两个岛上都驻有国民党正规军和海匪武装，各 800 余人。岛上敌人都没有形成统一指挥，也没有建筑工事。

两个岛子所不同的是：一江山岛守备力量虽然弱一些，但是距离大陈岛只有 7 海里，我们进攻时，容易被大陈岛上敌人发觉，敌舰可以及时增援；披山岛守备力量虽然强一些，驻有四五艘炮艇，但是距离大陈岛有 37 海里，我们进攻时，大陈岛敌人难以发现，就是发现了，也会因距离远而增援迟缓。

　　分析之后，陈雪江大声说道："我看打披山对我们比较有利。"

　　另一个人也说道："我看也是，只要把锚地的炮艇赶走……"

披山岛登陆战

制订披山岛作战方案

陈雪江几个人经过认真细致的讨论后，通过了名为《奔袭披山岛作战方案》。

这个方案的要点是：

把陆、海军兵力分成两路：一路佯攻大陈岛，牵住敌舰，由周纯麟和陈雪江两人指挥；另一路奔袭披山岛，由孙云卿副师长和廖云台主任两人指挥。而这两路兵力，又由周、陈统一指挥。

就这样，一份由周、孙、陈共同签署的作战方案用电报发往浙江军区，几个人焦急地等待着上级的回复，希望可以允许这次行动。

军区首长很快回电否决了他们的计划。

上级回复如下：

不拟奔袭披山，撤回海门为妥。

接到上级的回复后，孙副师长大为不解，他问陈雪江等人道："浙江军区为什么不同意呢？"

陈雪江抬头看了看孙副师长，说："是不是我们没有把方案讲明白，他们有什么不放心，怕再次出意外？"

周师长急切地问："那你说该怎么办？"

陈雪江想了一会儿，才说道："我看，咱们还是再报告一次吧，报告内容增加一些有说服力的分析。"

于是，几个人商量后，再次把修改后的方案上报给浙江军区。

浙江军区很快作了第二次答复。

这次答复，既没有肯定，也没有否定，只是提出了下面的一个问题：

奔袭披山岛有多大把握？

面对军区提出的问题，几个人都觉得确实有再次论证的必要，于是又展开了认真的讨论。

围绕着"有多大把握"的问题，四位指挥员又讨论了一次。

周师长对大家说："就我们陆军来说，只要能够登上岛，干掉那些到处袭扰的敌人是轻而易举的事情。"

周师长转过头问陈雪江道："老陈，你们海军有多大

共和国的**历程** · 海上盾牌

把握?"

陈雪江低头思索了一下,说道:"赶跑敌人舰艇,包括披山岛的几艘炮艇和可能前来增援的其他舰艇,根据现在情况,我不敢说百分之百的把握,百分之七八十的把握还是有的。"

周师长信心百倍地大声说:"只要有百分之七八十的把握,这个仗就可以打!"

他们一面叫参谋上报浙江军区,一面命令部队做好战斗的准备。

很快军区就复电,电文如下:

隐蔽出击,速战速决,达到目的,立即返航。

向披山岛发起进攻

7月12日黄昏，为了打击披山岛聚集的敌军，达到迷惑敌人的目的，周纯麟和陈雪江率领一支由一个炮艇分队和不载部队的30多艘机帆船为第一路，从金清港出发，浩浩荡荡地冲向大陈岛方向，给敌人造成袭击大陈岛的假象。

天渐渐黑了，第二路军由孙云汉和炮艇大队政治处副主任廖云台指挥，以两个炮艇分队和装载陆军两个步兵营的30余艘机帆船编成，直奔披山岛而去。

在快速的行进当中，海面上风云突变，黑压压的云层遮住了月亮，海风肆虐，波涛翻滚，气候条件十分恶劣。

在这种情况下，勇敢的战士们为给3号炮艇报一箭之仇，不顾恶劣的气候条件，继续航行，深夜抵达石塘湾集结。

到了7月13日，陈雪江的艇队出现在披山岛附近的海面。

他拿起望远镜在海面上观察，发现岛西面锚地停泊着敌"海鹰"号、"新宝顺"号、"精忠1"号和"精忠

披山岛登陆战

2"号 4 艘炮艇，还有许多机帆船。

　　解放军已把敌人看得清清楚楚了，可是，炮艇上的敌人还在做着美梦呢！

　　这个时候，分队长张家麟指挥 4 艘炮艇走在最前面，护送陆军秘密靠近登陆点。

　　张家麟立即命令："目标，滩头阵地，开炮！"

顺利攻占披山岛

"轰！轰！轰……"解放军各艇的大炮射出一颗颗炮弹，在敌人的阵地上炸开了花，让没有防备的敌人马上抱头鼠窜。

在炮火的轰击下，披山岛上硝烟滚滚，解放军登陆部队如猛虎般快速地扑向滩头阵地，继而向纵深猛攻，打击岸上的守敌。

分队长张家麟率领艇队转向锚地，此刻，锚地的敌人艇船还傻傻地待在原地，炮也来不及打，慌作一团。

张家麟大声呼喊，觉得为 3 号艇战士们报仇的时候到了。于是，他率领 3 艘炮艇迅速地冲向敌人，插入敌艇群。解放军的炮艇集中全部火力围歼 300 多吨的敌"精忠 1"号。

在激烈的战斗中，恶贯满盈的敌上校支队长当场被击毙。敌人群魔无首，见大势已去，无力再战，乖乖地挂出白旗投降。

"海鹰"号和"精忠 2"号一看不妙，丢下"精忠 1"号，独自逃窜了。

此刻，被解放军堵在锚地的"新宝顺"号仗着吨位

披山岛登陆战

大，火力猛的特点，继续顽抗。解放军 107 号艇迎着敌艇的猛烈炮火，靠近射击。

由于 107 号艇火炮口径小，无法将敌"新宝顺"号击沉。107 号艇长杜克明认为要在大陈岛援敌未到之前，必须马上想办法。他急中生智，看到"新宝顺"号是木质船，就想撞击敌船。

杜克明，江苏省无锡市人，原是国民党海军准尉军官，起义后，觉悟提高很快。这次起航前，他向党支部表示，要在海战中接受考验。

杜克明大声命令："靠上去，打沉它！"

脊背已经负伤的操舵兵陈贵松，忍着剧痛将艇首对准"新宝顺"号尾部，开足马力撞了过去。

双方距离迅速缩短，200 米、100 米、50 米、25 米、15 米……

随着一声巨响，"新宝顺"号的艇尾被撞开一个大口子，大量海水灌进后舱。107 号艇撞击敌艇的那一瞬间，炮艇上的所有武器都用上了，枪林弹雨纷纷射向敌人。"新宝顺"号的甲板上一片狼藉。

在"新宝顺"号艇上指挥作战的是国民党浙江省玉环县县长林森，这个人是解放军的老对手，在他的督战下，艇上的敌军依然负隅顽抗。

解放军的炮艇越来越靠近敌舰，双方展开轻武器对射，战斗打得热火朝天。在交战中，解放军103艇和104艇在张家麟的指挥下及时赶来支援。

张家麟是国民党海军起义的将领，在3号炮艇沉没后，邵剑鸣和许多战友都献出了宝贵的生命，激起张家麟杀敌的满腔怒火。

此刻，张家麟抓住有利攻击时机，接连下达"快速进击，撞沉敌艇"的命令，他指挥103艇朝"新宝顺"号腰部快速撞了过去。

而枪炮兵龙钦祥、炊事员厉保安和一位向导民工，带着炸药包和集束手榴弹，趁撞艇的时候，纵身跳上敌艇，先把敌人的指挥官给干掉了，并收缴了二十来名敌人的枪支，然后连续用集束手榴弹和炸药包将敌艇舱底炸裂，顿时敌舰上一片火海。

等到把俘虏带回103艇后，"新宝顺"号连同敌人的尸体一同沉入了大海。

目睹敌舰"新宝顺"号沉没的那一瞬间，所有的人都心潮澎湃，战斗的激情更强烈了。攻上披山岛的陆军步兵见了，都连声欢呼，而敌人的防御心理也在瞬间崩溃，觉得失败已经成为定局，都失去了抵抗的意志。

顺利抢占披山岛后，周纯麟师长和陈雪江大队长命令艇队将投降的敌"精忠1"号拉回去。正在这个时候，一艘"太"字号敌舰，从大陈岛方向疾驶而来，见"精

披山岛登陆战

忠1"号已挂白旗投降，连发10余炮，将"精忠1"号轰入海底。

在这之后，"太"字号敌舰由西南转向正北跟踪追来，企图袭击锚地内的解放军艇船。陈雪江的炮艇大队和岛上陆军的战防炮、迫击炮当即以密集炮火猛烈还击。敌舰势单力薄，不敢恋战，慌忙向大陈方向逃窜。

披山岛之战胜利结束。

这次战斗，共计击沉敌"新宝顺"号炮艇1艘，俘敌"精忠1"号炮艇1艘（后被敌舰击沉）及机帆船1艘，帆船2艘，俘敌540多人，毙敌500余人。

突袭披山岛虽然不是一次大战役，但它是华东海军成立后的首次陆海协同联合登陆作战，显示了年轻海军的雄威。第一次应用小艇打大舰、木船打军舰的做法，给海军作战提供了宝贵的经验。

三、 打击袭扰海匪

● 战士们徒涉 10 多公里的海峡浅滩迅速登上了玉环岛，上岸后，马上对敌人进行打击。

● 那 5 个陌生人一登上船，就马上跑到船尾的舵轮旁，掏出手枪，顶着船老大的脊背。

● 战士们站在甲板上，胶鞋被烤得快要熔化了，脚板更是钻心地疼，很多人的衣服都湿透了。

炮艇大队攻占两岛

披山岛之战胜利结束之后，陈雪江率领他的炮艇大队浩浩荡荡地往回赶，每个人的脸上都洋溢着微笑，不但为战友报了仇，还获得了那么多的战利品。

不过他们的炮艇燃料不多了，最远只能航行到定海附近。由于艇底长了一层厚厚的海蛎子，所以航速越来越慢了，各种机械故障也增多，让战士们很感头痛，必须去修理一下才行。

为了确保炮艇的安全，陈雪江给华东军区海军发电报，请求上级批准他的决定。电文如下：

艇队先到定海，再去上海修理。

华东海军批准了陈雪江的决定。

临行前，陈雪江去六十二师告别，谈了今后的打算。

周师长知道陈雪江要走，有些不舍，说："到现在，在台州湾外面许多岛屿敌人的活动依然很猖獗，严重威胁着沿海的安全，而这个时候正是进剿敌人的最佳时机，错过机会多可惜啊！"

孙副师长也忧虑地说道："披山岛的胜利说明，如果登陆作战没有海军配合，那是很难成功的！"

对于这些，陈雪江心里很清楚，但他的炮艇大队实在无力再战了，没办法，只好如实地向周、孙说明了原因，希望他们能够谅解。

周师长突然说："看来我们也无法挽留。请你们再帮一次忙，帮我们抢占一个小岛屿，再走吧!"

陈雪江不解地问："哪个小岛屿?"

周师长笑了笑，说了自己的打算：台州湾外面，有个田岙岛（又名高岛），上面有几十个敌人，经常袭扰和抢劫我南来北往的渔船和商船。六十二师希望派3艘炮艇，掩护陆军一个连登岛进行清剿。

周师长继续说道："我们会速战速决的，不会耽误你们太多的时间。"

陈雪江说了自己的难处："这样的话，这3艘炮艇的油料就不够到上海了，到时候会很麻烦。"

陈雪江想了想又说道："不过，我们可以想其他的办法。"

于是，陈雪江决定由一中队长张大鹏率3艘炮艇协同陆军清剿田岙岛，如果油不够，就从其他艇调剂。张大鹏出发之后，陈雪江也率领剩余的6艘炮艇起航去石浦港等候。

4小时后，这次行动就结束了，而陈雪江也到达石浦港。张大鹏完成任务来到石浦港与大队会合，决定一起到上海去修理。

8月1日，当炮艇大队正要从石浦起航去定海的时

打击袭扰海匪

候，二十一军副军长突然找到陈雪江。他表情凝重，想必有什么事要交代。

副军长对他说："石浦外面的几个岛上都有敌人袭扰活动，还很猖獗，其中有一个叫檀头山的，上面有100多敌人，把舟山群岛至海门的航道给截断了。"副军长笑着又说："麻烦你们在走之前把这个岛也干掉吧？我们出动两个连，请你们无论如何也要配合一下。"

陈雪江显得很为难，正要说对不起，就被副军长堵住了。副军长很认真地说："我知道你们的炮艇要去修整，但是，如果我们有能力独自行动的话，也不会来麻烦你们了。陆军战士最担心敌人舰艇出来阻击，有你们掩护，他们就没有后顾之忧了。"

陈雪江不知道如何是好，说："困难的确有，但是，我们还得商量一下！"

陈雪江立即又把各艇上的油料进行调剂，配合二十一军行动。最后消灭了檀头山岛的100多个敌人，然后，他们才向定海慢慢驶去。

陈雪江驻守石浦镇

炮艇大队到达定海不久，就接到华东军区海军的电报，命令如下：

立即进上海江南造船厂修理。

1950 年 8 月 4 日，陈雪江等人在江南造船厂礼堂召开了一个大会。这个大会，实际上有两个内容：悼念 3 号炮艇殉国，祝贺炮艇大队出海以来所取得的胜利。但两个内容只有一个目的：动员起来，为解放浙江沿海岛屿而战斗！

参加会议的有机关各部门代表，驻沪陆、海军部队指战员，还有上海市各部门代表和各界人士。这次大会由华东军区海军第一纵队司令员张元培主持，大队长陈雪江报告了一个月来炮艇大队出海配合陆军进剿敌人的情况。

在这次大会上，大家把胜利的喜悦和失利的悲痛都变成激励自己前进的力量，纷纷下决心一定要和敌人斗争到底，绝不能让敌人继续嚣张下去。

8 月 15 日，也就是在大会召开后的第 11 天，华东军区海军报请中央军委海军和华东军区批准，给 3 号炮艇枪炮手赵孝庵记一等功，并授予"甲级战斗模范"称号。

打击袭扰海匪

赵孝庵成为炮艇大队的骄傲。

在这之后，陈雪江又在上海参加了整编会议。会议决定以炮艇大队的两个中队为基础，扩编成两个巡防大队，部队组成为：一中队扩编为温（州）台（州）巡防大队，陈雪江任大队长兼政委；二中队扩编为舟山巡防大队。

这两个巡防大队后来均属海军舟山基地建制。整编以后，陈雪江马上回到宁波"沙滩修船厂"，继续监督炮艇的修理工作。

1951年，刚刚过完农历新年，新成立的温台巡防大队就接到华东军区海军发来的命令，电文如下：

迅速进驻石浦镇。

陈雪江接到这个命令后大为不解，他想不明白为什么急着到那里驻军。但是命令就是命令，他必须去执行，不过凭他的经验，这个任务一定很重要。

陈雪江率领着刚刚成立的温台巡防大队进驻石浦镇后，他根据整编会议的决定，对部队进行调整，具体调整如下：

大队部下设3个分队，共14艘艇。一分队是6艘日式25吨炮艇，二分队是4艘改装过的日本100吨渔轮，三分队是4艘改装过的25吨美式登陆艇。

陈雪江是这个新成立的温台巡防大队的队长兼政治

委员，还是大队党委书记，除管理日常事务外，还分管作战训练。

来到这里后，陈雪江首先对石浦镇的周围情况作了细致的调查研究，他搜集的情况如下：

石浦镇，位于象山县城南30公里。北到舟山群岛30海里，西南30海里处是三门湾，东南距敌占岛屿渔山列岛25海里。

石浦镇有个海港，港外有檀头山、南田岛为屏障。石浦镇鱼虾成堆，猪鸭成群，而且价格非常便宜，但是没有人买，原因是交通阻塞，外销不出去，陆上没有公路。

在海上，由于周围许多岛屿都被敌人占着，控制着南北航道，使货船不敢出去运输，渔船不敢出去打鱼。特别是胡宗南到了大陈岛以后，袭扰活动更为猖狂，到处抢劫货船、渔船，附近群众终日不安，无心生产。

根据调查的情况，陈雪江明白了华东军区海军为何要他来这里驻军，原来是为了打击袭扰的国民党军队和海匪。

这个海上小镇水陆交通严重阻塞，通信设施也极其简陋，在这里只有一部由镇政府通往县政府的有线电话，其他的就没有了。

在军队方面，陆军和海军驻镇部队没有专线，只有把各自的线头接到镇政府的电话线上，才能与上级指挥机关通话。

温台巡防大队虽然设有电台，但由于附近特务多，为了保证通信安全，严格控制电台通信。所以，上级给予温台巡防大队自我决断的权力。

军区给予他们这么大的权力，陈雪江就可以大胆地去干了，但是下一步该做什么呢？一切还没有一个头绪，但他觉得，要想把这股袭扰破坏的敌人干掉，就必须找准突破口。

但陈雪江所面临的情况是：胡宗南凭借海上优势，依靠大量的海匪，并出动军舰不断对沿海航道和渔民进行袭扰和破坏；而温台巡防大队不能像敌人那样到处活动，这样就会分散自己的力量，而且他们的实力也不足以这样做。

但是要想反击敌人的袭扰活动，必须有个突破口，它到底在什么地方呢？

陈雪江陷入了深深的思考。为了寻找这个突破口，他带着魏垣武等参谋人员，征求镇政府意见，到群众当中了解情况。

通过走访调查，他们了解到，渔业生产是这一带人民群众生活的主要经济来源。但是，在蒋介石反攻大陆的策划下，敌人到处抢劫，袭扰活动十分猖獗，给渔民的正常生活带来了巨大隐患。

在敌人的袭扰和破坏下，渔民不敢出海打鱼，冒险在近海打了一点鱼，又运不出去，使人民生活很贫困，人民群众对国民党和海匪恨之入骨。

正因为这样，地方政府才觉得很对不起老百姓，驻地陆军也很着急，但是他们无法和海上的敌人作战，很无奈。

此外，陈雪江还了解到，黄鱼汛期马上就要来临了，海匪黄八妹的"海上突击纵队"在国民党的支持下，已把袭击重点放在猫头洋渔场。

猫头洋渔场位于三门湾外面，它的东面是渔山列岛，南面是东矶列岛，都被敌人占领着，所以渔业生产面临着严重的威胁。

到这时，陈雪江终于找到了挫败敌人袭扰的突破口，就是把护渔作为打击敌人的重点。为此，他们在海上监视着敌人的一举一动，等待着最佳时机到来，到时候就把该死的敌人一网打尽。

打击袭扰海匪

陈雪江展开护渔作战

1951 年夏天，猫头洋黄鱼汛期马上就要到了，在没有上级的批示下，陈雪江召开党委会议，决定迅速开展护渔斗争。

这么大的一个海面，该如何展开护渔作战啊？战士们都没有经验，也不知道具体该做什么，一切都得摸索着来。

陈雪江的一贯思路是，没有经验就要在实际行动中积累经验。他亲自出马，率领艇队在渔场的附近巡逻，保护渔民的安全。

陈雪江的海上巡逻，就是跟随渔船活动，时刻防范敌人的袭扰和破坏。战士们早出晚归，对老百姓的渔船寸步不离。

护航行动是很劳累、很艰苦的，甚至都到了无法想象的地步。火辣辣的太阳把甲板晒得烫脚，中午更像火烤一样热。

战士们让在甲板上，胶鞋被烤得快要熔化了，脚板更是钻心地疼，很多人的衣服都湿透了，用手一拧，流下来的全部是汗水。

虽然条件如此恶劣，但大家并没有一句怨言，而且情绪还很高涨，恨不得马上就能碰到敌人，那样就可以把他们打个稀巴烂。

大家就这样坚持了一段时间，发现这样下去太消耗体力了，而且大家严重营养不良。

在这样的岛上，根本买不到新鲜蔬菜，战士们顿顿都是吃鱼。

但是，天天吃鱼的话，即使再好吃，也会难受啊，于是大家只好整天吃米饭和咸菜。

时间久了，很多人就病倒了，而且病倒的越来越多。

不过谁也不后悔来到这里，当看到老百姓捕鱼时的景象，战士们的心里涌动着自豪感，不管怎么样，群众是感谢他们的。

有一天傍晚，渔船进港不久，渔业指挥部的干部就来报告：有 5 条渔船没有回来！

陈雪江怕渔船出事，就率领艇队出海去寻找，找了大半天，却没有发现任何踪迹。渔业指挥部派出去的船也没有看到渔民的船只。

在烈日下晒了一天的陈雪江，已经是饥渴难耐了，很想找个地方好好休息一会儿，但他放心不下老百姓的安危，必须把渔船找到才行。

沉静下来之后，陈雪江发现了疑点，没有回来的渔船都是机帆船，而不是帆船。

陈雪江联想到侦察参谋说的"黄八妹正在扩军"的情报，他认为渔船很可能被抢劫了。

但如果这样的话，那敌人在抢劫的时候，战士们为

打击袭扰海匪

什么没有发现呢？

突然，一条帆船驶进港来，近了才发现，上面都是昨天失踪的渔民。

陈雪江赶忙去了解情况。

据渔民说，昨天下午，他们正在渔山列岛南面海域捕鱼，突然来了一条帆船，上面坐着7个人，不知道是来干什么的。

当时机帆船上的渔民正在忙着捕鱼，再加这条帆船及上面的人也没有与众不同的地方，都没有注意，大家依旧做自己的事情。

这条帆船先是靠上第一条渔船，上去一个人。接着又先后靠上4条渔船，每条船上都上去一个人。最后那陌生的帆船上剩下的两个人，驾着帆船到别处去了，让大家感到莫名其妙。

然而那5个陌生人一登上船，就马上跑到船尾的舵轮旁，掏出手枪，顶着船老大的脊背，对船上的人厉声说道："继续打鱼，不许乱说乱动，只要有一个不听我指挥的，小心掉脑袋。"

面对这群恶棍，大家怕极了，不知道如何是好，只得服从。到傍晚的时候，渔船陆续返航，这5条机帆船也跟着渔船群返航。

但天黑了以后，那5个陌生人就逼着机帆船上的渔民，悄悄地改变航向，来到了渔山列岛南面，在那里看到了先前出现的那条敌船。敌人把所有渔民都集中到帆

船上，而 5 个人就分别开着 5 条机帆船向渔山列岛驶去……

通过渔民的讲述，陈雪江终于搞清楚了渔船失踪的缘由。

其实，早在 1950 年，国民党对浙江沿海岛屿基本上采取放弃的方针：不派或少派正规军驻守，对已经存在的游杂部队，不指挥、不供给，任其发展，因此出现了 8 个系统、8 个司令的分散局面。

到了 1951 年，台湾国民党为了支援美国发动朝鲜战争，支持美国第七舰队在中国沿海活动，还在大陈岛设立了"大陈防卫司令部"，专门指挥这些残兵败将和海匪对大陆进行袭扰和破坏，甚至是偷袭和登陆。

蒋介石任命陆军上将胡宗南为大陈防卫司令部司令兼浙江省"主席"，统率浙江沿海军队。胡宗南上任以后，从两个方面采取措施：

一方面，派正规军驻守大陈岛及其周围主要岛屿；另一方面，把所有游杂部队编成"浙江人民反共救国军"，下设一、二、三、四纵队，还下设一个"海上突击纵队"，实施统一指挥。

胡宗南为了达到其阴谋的目的，破坏大陆沿海的安宁，还制订了作战方案：

试探大陆沿海守备情况，寻机在大陆防御薄弱的近岸岛屿登陆、占领，逐步向大陆进犯；

拦击大陆过往货船、渔船，切断大陆沿海交通，
破坏大陆渔业生产。

胡宗南还直接交代"海上突击纵队"司令黄八妹一个任务：扩充兵源，增强实力。

陈雪江从上述分析推断，看来敌人劫持 5 条机帆船，大概是黄八妹要扩充兵源。而她所使用的手段，无非是让她的手下化装成渔民，混进捕鱼的人群里，然后见机抢劫。

那下一步，我们该怎么办呢？陈雪江陷入了深深的思考……

青年渔民执意参军

敌人劫持渔船的目的已经很清楚了，为了粉碎敌人的阴谋，陈雪江召集大家开会进行讨论。

这次会议讨论了很久也没有找到一个对付敌人的方案。要是增加巡逻警戒兵力，渔场那么大的面积，就是把所有的人都用上，也把守不过来。

事实上，派用所有的兵力是不可能的事情，因为大队除护渔外，还有其他许多任务要完成，不能顾此失彼，否则到时候就会很被动。

要是让每个渔船上坐一名解放军战士，也是不可能的事情，他们总共才几百人的兵力，这样兵力就会很分散，根本无法抵抗人数众多的敌人，这不是解决问题的最好方法。

在一天夜里，正当大家为对付敌人而一筹莫展的时候，有一个名叫汪阿浦的青年渔民吵着要参加海军，说要上战场杀敌。

警卫就问他说："为什么啊？"

那个青年大声说道："我要见了大队长才说。"

就这样，陈雪江接见了这个青年。汪阿浦向陈雪江诉说了他参加海军的各种理由。

他今年 18 岁，父亲是个老渔民。他 6 岁随父亲下海，

打击袭扰海匪

16 岁就当上船老大。他不识几个字，但精通船技，熟悉水性，大风刮不走，大浪掀不翻，被人称为"龙子"。

国民党军队从这里撤退时，抓他父亲运送物资去大陈岛。他父亲拒不从命，竟然被敌人活活害死了。解放军来到后，汪阿浦为了替父亲报仇，几次要求参军，但都因年龄太小被拒绝。陆军不接收，待温台巡防大队进驻石浦镇后，汪阿浦又想来试试。

汪阿浦极其认真地说道："首长，你就让我参军吧。"

陈雪江笑着说道："关于这个事情，待会儿再回答你，那你觉得，怎样才能识别混进渔场的海匪呢？"

汪阿浦用手托着下巴，想了想说："识别出混进渔场的海匪并不难，只要弄清楚渔民捕鱼的规律就行。"

汪阿浦所说的规律就是：猫头洋的渔区虽大，渔船也多，但作业时，由于是同一风向，同一流向，渔船的运动方向也是基本一致的。渔民虽有成千上万，但由于是同捕一种鱼，同撒一种网，他们的操作大体是一致的。

知道这些规律，海匪就很容易辨认了。敌人毕竟是为抢劫而来的，就必然违背一般渔民的活动规律，要转向，要靠帮，要上人，要蹲在舵旁，而舵旁蹲两个人是不正常的。从这些异常的举动中，就能大体识别出哪是海匪了。

陈雪江带着自己的疑虑又问："可是，对于敌人的一些举动，许多渔民都说不知道，这如何解释啊？"

汪阿浦回答说："那是因为他们专心捕鱼，没有留心的缘故。"

陈雪江看着这个年轻人点了点头，心想：应该在渔民中间建立情报网，发现异常举动，马上通知部队，派艇追捕可疑人员。

汪阿浦和陈雪江交谈后，他觉得部队的确很需要像自己这样的人，就恳切地对陈雪江说："首长，我参军的事呢？让我参加海军吧，我要为父亲报仇，我要和敌人作战！"

陈雪江笑着说："你要求参加海军，我们非常欢迎。过几天会告诉你的！"

汪阿浦的一席话打开了陈雪江的思路，他觉得如果大队也有个像汪阿浦这样的一批水兵，这对粉碎敌人的阴谋将是一个重要保障。

像汪阿浦这样的青年渔民有许多优秀的特点，如：熟悉海匪，熟习水性，精通船技，吃苦耐劳，意志坚强，而所有这些，都是一个水兵不可缺少的基本条件。

陈雪江想，要是对这些渔民加以训练，大队战斗力将会有很大的提高。另外，这些当地青年渔民参军，还可以密切军民关系，这对开展对敌斗争也有着极大的帮助。

打击袭扰海匪

征招新兵打击海匪

汪阿浦的话触动了陈雪江招纳渔民做新兵的想法，为此，他马上召集大队党委开会。在会上，他们认真研究了招纳渔民做新兵的方案，决定在该镇招收新水兵，先招收 50 名看看效果如何。

陈雪江把征兵的事情报告给上级。舟山基地接到报告后，马上批准了他们的做法，并对此大加赞扬。这样，他们的力量就大大增强了。

新入伍青年渔民来到大队以后，稍加训练，就分配到了各炮艇，并都当上了枪炮兵，受到了老兵们的热烈欢迎。

战士们出海护渔，那些新兵全是警惕的哨兵。他们举着望远镜，时刻监视着渔场的一举一动。看着他们如此高的积极性，陈雪江欣慰地笑了。

在这批渔民新兵的引导以及广大渔民群众的密切配合下，到处袭扰作乱的敌人很快被揪了出来，敌人犹如老鼠一样到处乱窜。

为了有效地打击敌人，大队制定了"两个袭击"方案，在两个袭击方案中，新兵战士发挥了重要的作用。

这两个方案是：

第一个方案是袭击敌人。艇队在由渔民新兵提议的海区巡逻，一旦发现敌人活动，就出其不意地进行突然袭击。

　　另一个是袭击敌人的基地。海匪虽然长于游击，但总有一个岛屿作为他们的活动根据地。大队掌握了敌人活动的根据地，由渔民新兵指引，悄悄地派出艇队，出其不意地突然袭击这些敌人老巢。

　　这些行动果然起到了积极的效果，敌人总是措手不及，乖乖地投降。

　　每次出击敌人的据点，总有收获，常常会抓到数个狡猾的敌人，有时候还会拖回几条机帆船或帆船，有一次居然拖回 10 条机帆船。部队将缴获的机帆船又还给渔民，为当地老百姓的渔业提供了帮助。

　　在军民联合打击下，敌人的活动不再那么猖狂了。敌人接连受打击，猫头洋安静了许多，老百姓感谢解放军战士帮他们打击了这些作乱的匪徒。

打击袭扰海匪

主动进攻捣毁海匪据点

为了彻底粉碎国民党残军及海匪猖狂的袭扰和破坏，解放军还多次采取主动进攻的战术，将敌人建立的据点攻占，让敌人无处可去。

在敌人袭扰最疯狂的时候，解放军驻浙部队还剿灭了北麂岛敌守军600多人，而驻闽部队则进袭了西洋、浮鹰两岛，驻粤部队在进攻中攻占了南鹏岛，打得敌人纷纷逃窜。

北麂岛全称北麂列岛，位于浙江省东海沿海海面上，距瑞安市区37公里处。由大明甫岛、小明甫岛、北麂岛、下呑岛、关老爷岛等16个岛屿组成。

主岛北麂岛，列岛也由此得名。附近海域为北麂渔场，是浙江传统渔场之一。

西洋岛位于霞浦县东南海域，扼闽、浙海上交通要道之咽喉，与霞浦县城相距20海里，是海岛乡的一个组成部分。

浮鹰岛原名浮瀛山，又称双峰岛。浮鹰岛因为远远望去，像一只浮在海上的雄鹰，所以得名。岛上地势挺拔，山丘绵延，天牛顶、六朝顶两山隆起于南北，所以又名双峰岛。

浮鹰岛位于西洋岛和四礵列岛之间，呈长方形，为霞浦县境内最大的岛屿。

南鹏岛位于广东阳江东平镇，距大陆 12 海里，由两座小山组成，侧看如大鹏展翅，故名南鹏岛。

为了有效地打击敌人，解放军采取攻防结合的战术，使国民党当局想借登陆袭扰扩大其政治影响，配合国际反共势力侵略朝鲜的阴谋行动一再受挫。

即便这样，蒋介石和他的反动政府在美帝国主义的支持和协助下，仍然硬着头皮坚持武装袭扰大陆，严重影响了沿海人民的安全。

在当时，曾受到陈雪江炮艇大队沉重打击的披山海匪吕渭祥，在经过一段时间的休整及充实武器装备后，又率领 800 多名匪徒，分兵三路再度偷袭位于东南沿海的玉环岛。

玉环岛是浙江省的第二大岛，位于乐清湾东侧，北接楚门半岛，距台州市区南 70 公里，素有"东海碧玉"之称。

面对敌人的来袭，解放军守岛部队因兵力不足，装备极其落后，受到上岸敌人的攻击。海匪武装攻入玉环县城并占领了该岛大部分地区。

虽然在兵力上不是敌人的对手，但解放军战士仍以少数兵力继续与登岛之敌展开了殊死战斗，并请求大部队进行支援。

当时，玉环县警备大队只有两个班的兵力，在援军没有到来的情况下，大家奋勇杀敌，誓死坚守阵地，抗

打击袭扰海匪

击敌人进攻达 7 个小时之久，为增援部队的到来赢得了宝贵的时间。

解放军驻守楚门地区的步兵六十一师得悉海匪登岛的消息后，派出一三八团的两个多连部队，马上展开救援行动，战士们徒涉 10 多公里的海峡浅滩迅速登上了玉环岛，上岸后，马上对敌人进行打击。

经过增援部队和守岛部队的半天奋战，歼灭了大量的敌人，击溃了吕渭祥的残部，重新夺回了玉环岛，取得了反登陆的胜利，震慑了袭扰的敌人。

四、 洞头岛反登陆

● 战士胡昌林腹部受重伤，肠子流了出来，用绑腿布包扎一下，又继续战斗，直至流尽最后一滴血。

● 战士的苏式大盖帽在战斗中非常碍事。于是，所有的战士都扔了帽子，光着头打仗，全然不顾个人的安危。

● 7月8日下午，战士们已经被敌人围到很小的一个区域了，后面就是大海，除了下海，部队已无退路了……

军民准备痛击偷袭之敌

1950 年 7 月 7 日上午，洞头列岛的解放军驻军和区政府获悉敌人登陆来袭后，马上疏散群众。

留守的部队是浙江警备一旅二团三营。营长阮禾秀指挥部队迅速抢占了制高点，准备坚守阵地，痛击来犯之敌。

原来，7 月 6 日深夜，逃窜至南北麂岛的国民党"江浙反共救国军"总指挥吕渭祥，集中一艘军舰、两艘汽艇、数十条机帆船，率领 3 个支队 2000 多人，兵分四路，从东番大山、半屏、铁炉头、三盘等地登陆。

大举进攻的这伙敌人企图包围洞头岛，给解放军一个措手不及，拿下洞头列岛，向其台湾主子蒋介石邀功请赏。

其实，浙江大陆解放后，国民党残余和地主、恶霸等纷纷逃往东南沿海各岛。前来偷袭洞头列岛的蒋军主力是"浙江反共救国军"和"浙江行署绥靖军"。

洞头列岛位于温州东南 33 海里，距台湾 158 海里。它东向大海，南与北麂列岛相望，西同瓯海区的永强、永昆隔海相对，北望乐清、玉环两县。

该列岛由 103 个岛屿组成，陆地总面积 100 平方公里，海域面积 792 平方公里，是浙江沿海的重要列岛之一，也是敌人争夺和袭扰的重点。

洞头列岛解放后，附近的南北麂、披山、大陈诸岛仍被敌人盘踞。敌海军温台巡防处李丕绩部驻大陈，统一指挥残敌行动，敌机敌舰每天侦察骚扰，洞头海域仍不得安宁。

岛周围的海面，白天由解放军控制，一入夜就成了敌人的天下，敌人的炮艇就在岛周围游来荡去地示威，解放军的部队当时只有随时准备应战。

洞头列岛的地形是易攻难守，如果敌人登陆，驻岛部队将无路可退，只有拼死一搏。

在这种环境下，部队做着肃清沿海所有大小岛屿敌人的准备，并发动每个战士去找船。

所谓的找船，也就是征用民间大小船只，要求每个战士找一条。就这样，洞头列岛所有船只都被征用了，其中包括两条机帆船。

指挥部设在岛上的阿兵家。他们家安排住在一个天主教堂里，附近有一片海滩，海产很多，有时鱼会自己跳到小船里。

为了不分散解放军的兵力，部队全部集中到洞头主岛。这样，驻扎在洞头岛的解放军达到 400 多人，包括一个营部和一个地方区政府的工作人员。

由于地理位置很重要，洞头列岛成为敌人"反攻大陆"的最前线。

当时守岛部队在洞头岛，除了从事日常的军事工作

洞头岛反登陆

外，又加了一个任务：那就是自给自足搞生产，种地，种南瓜，给自己种，也帮老百姓种。

有这样的军队，岛上的老百姓自然很高兴，觉得从没见过这样仁义的部队，军民关系非常融洽。

在那段时间，老百姓的生活是在平静中度过的，却没有想到这一切却被敌人的偷袭打破了。

守岛部队火速迎敌

7月7日，在敌人偷袭那天，守岛部队正在召开纪念"七七事变"大会，并没有料到一场战斗马上就要来临。

这次会议要求每人都要参加，要穿干净衣服，不带手榴弹，轻装带枪参加纪念大会。会场设在一块空场上，旁边是山，距部队营房要走一段路。

开会前，营领导作了一个决定：不设岗哨，全体人员都要参加大会。营教导员走上主席台致辞，宣布纪念大会开始。

就在这个时候，一个当地的老百姓跑过来报告，说山后发现敌人，人数很多，海面上还有敌人的运兵船。

在会场上的一个人惊讶地说道："开什么玩笑！哪来的敌人？你这是破坏会场秩序！把他抓起来！"

几个战士刚要上去抓人，3架敌机掠过会场上空，于是就有人站出来说道："原来是有敌机，不是人，看来还是有敌情。"

于是便把报信的老百姓放了，面对偷袭而来的敌机，营长阮禾秀命令："叫张文清那个班到山上去看看，在山顶设个岗！"

由于班长张文清病了，在营房里休息，副班长一行11人就出发了。

洞头岛反登陆

刚爬到半山腰，敌人就出现在山顶了，利用有利地形，自上而下地向解放军射击。

副班长等人马上进行还击，而正在场地上的解放军一部分跑回营房取武器弹药，一部分向山上冲，支援副班长等人。

敌人的火力过于猛烈，11名出来侦察的战士全部壮烈牺牲。

敌人的火力很猛，有炮火支援，而且是从山上往下攻。解放军准备不充分，仓促应战，只好边打边退。事后才得知，来犯的敌军有2000多人。

国民党军反攻洞头岛是经过充分谋划的，集合了海、陆、空各兵种。空中有3架飞机，海面上有3艘军舰和无数的运兵船。敌人打算一举消灭解放军，这样就可以得到蒋介石的赞赏。

而守岛部队，人数不过400多人，其中还有不少地方政府的工作人员。

营长在战斗中英勇牺牲了，而营教导员在第一天就带着警卫员坐船回大陆报告敌情去了。

守岛部队为了抗击敌人，九连马上进入西大山，准备阻击西路敌军。

七连进入岭背阵地，该连一排奉命抢夺东泰大山，刚到惠头察，就和敌人接上火了。

副排长陈山在地形不利的情况下，率领全排战士发起冲锋，占领了东泰大山。

这次冲锋共毙敌 200 余人，俘敌 10 多人，缴获机枪 2 挺。

　　敌人是有备而来的，凭借其兵力多、武器好的优势进行疯狂反扑。七连伤亡很大，班排干部大部壮烈牺牲。排长戴如岩身负重伤，仍不下火线，直到壮烈牺牲。

　　战士戴振溪用刺刀一连捅死 4 个敌人后，也壮烈牺牲。战士胡昌林腹部受重伤，肠子流了出来，用绑腿布包扎一下，又继续战斗，直至流尽最后一滴血。

守岛部队坚决抗击敌人

战斗进行得相当惨烈，战士们个个英勇抗敌，他们组织发起了多次反冲锋作战，夺回了几个制高点，大家都誓死保卫着阵地。

但敌人有大炮，一个山头、一个山头地攻过来，解放军战士就一个山头、一个山头地防守。由于敌人的攻势过于强大，有多个阵地被敌人抢去了。

当时，战士的苏式大盖帽在战斗中非常碍事。于是，所有的战士都扔了帽子，光着头打仗，全然不顾个人的安危。

战士们并不知道敌人数倍于自己，当时他们的想法就是把敌人赶回海里去，所以一直试图向敌人阵地发起冲锋，并一度阻止了敌人的攻势。

但随着敌人的火力越来越猛，人数越来越多，解放军控制的地区也越来越小。而敌人大炮的加入，使整个战斗的形势就急转直下了。

排长戴如岩，身先士卒，一直冲锋在前，撤退掩护在后，后来被敌人的子弹打断了一只手，还坚持用另一只手给机枪装子弹，直到最后壮烈牺牲。

有一个战士，平时爱说俏皮话，总是讲希望打仗，还希望打仗时受点小伤，到时候就可以挂花了，如今真的让他遇到了。

战斗打响后，那个战士表现非常勇敢，在战斗中他真的被子弹射中大腿，急得他大喊："同志们，不要管我，你们快走啊！"

几个战士把他抬到安全的地方，最后送到黄大岙岛，实现了他挂花的愿望，他的勇敢精神感动了每一个战士。

由于敌人有炮，所以守岛部队伤亡很惨重，指挥员大部分都牺牲了。在失去营一级的统一指挥后，开始时大家还可以保持连一级的编制，但到后来就只能各自为战了。所有的战士一直自觉互相配合战斗，坚持到最后也没有投降敌人。

在戴排长和轻机枪手牺牲后，战士黄卫就当了机枪手，他边打边退，充满了战斗的激情。

战斗刚打响的中午，当地老百姓便给阵地上的战士送水送饭，随着敌人的步步紧逼，战士们也就断了水和粮。

上午 10 时许，南路敌军在洞头岛的打水鞍、铁炉头等地登陆，占领山头，逐渐对北岙形成包围，敌人面目狰狞，像一群丧心病狂的恶魔。

西路敌军登陆后，马上向西大山进犯，向解放军的阵地步步推进。到下午 2 时许，敌人用排炮集中轰击九连阵地。

炮声隆隆，枪弹横飞，山上的树木都被炮弹打断，噼里啪啦地燃烧着。八连长林来富和指导员周行带领一

洞头岛反登陆

个班，在小三盘阻击进犯的敌人。区政府干部在燕子山居高临下阻击三盘方向之敌，区委书记张人勋组织群众抢救伤员。

16时许，三营营部撤出北岙，在岭头山等阵地抗击敌人。晚上，炮声稍停，敌人进入北岙，解放军一面抓紧构筑工事，一面派出小分队到北岙侦察敌情，准备与敌人战斗到底。

守岛部队组织撤退

7月8日凌晨，敌人在炮火掩护下，又向解放军阵地发起强攻。8时，敌人占领岭头西面的山顶，与解放军对峙。9时许，三营长阮禾秀壮烈牺牲。

鉴于敌众我寡，加之解放军弹尽粮绝，人员伤亡严重，营部决定撤出战斗。

7月8日下午，战士们已经被敌人围到很小的一个区域了，后面就是大海，除了下海，部队已无退路了。岸边有很多当地渔民的小船。但当地人有一个习惯，船里不放桨，出海归来后桨要收到家里去。

这时，守岛部队只剩下300人左右了，部队伤亡严重，剩下的人已经两天一夜没有休息，没有吃饭，连续作战，都很疲劳。

为了保全实力，临时成立的领导班子决定：

撤退！向海上撤，没有桨也要撤，到黄大岙岛集合。

洞头岛反登陆

于是，战士们马上向海边集结，到了渔船边，居然发现所有的船上都有桨！原来，当地老百姓与解放军关系非常好，发现守岛的部队挡不住敌人的进攻了，便纷

纷把船桨放回船上，让战士们能顺利地撤离。

战士们来不及感谢乡亲们，就纷纷奔向了海边。战士们几个人一条船，向黄大岙岛方向划去。海面上的敌人军舰和运兵船发现后，不断向战士们的小船开炮射击。当时很多小船被打沉，不少战士牺牲了。

在海面上，战士也向敌人还击。黄卫架起轻机枪，向敌人舰艇连续射击了上千发子弹，把枪筒都打红了。

黄卫把自己的子弹打完了，就打其他战士的步枪子弹，有效地阻止了敌人的追击，战后，部队给黄卫评了三等功。

海上的战斗进行得非常激烈，在一个指导员的指挥下，解放军几条小船上的战士，居然俘获了一艘敌人运兵的机帆船。但后来还是被敌军舰发现，向这艘机帆船猛攻。

面对敌人的轰击，战士们不得已又退出了那艘机帆船。敌舰在海中与解放军的小船作战还是有困难的，如果离得近，敌舰的炮火就发挥不了作用；如果离得远，就很难确定射击的目标。

就因为敌舰太庞大，战士乘坐的小船，渐渐划出了敌人炮火的射程，撤向黄大岙岛。

小船靠岸后就要登岛的时候，又发生了意外，地方政府的区长，从船上往外跳，不慎落入水中，救上来时已经晚了，成了洞头血战中最后牺牲的一名烈士。

上岸后，战士们联系当地驻军，吃饭、休息、清点人数、救治伤员，发现最后撤出了一多半部队，有200多人。战士们两天一夜没吃没喝了，几乎所有的人都瘦了一圈，皮肤也被晒得黑了一层。

得知洞头危急的消息，浙江警备第一旅二团一营和温州第五军分区部分部队，于9日夜渡海前往洞头岛增援。援军在到达洞头岛之前，敌人在岛上抓了700多名群众，已仓皇逃往北麂、大陈等岛屿。

7月9日，获悉敌人已退出洞头岛，守岛部队组织了部分战士回洞头岛打扫战场，掩埋烈士遗体。

大家的心情都很沉重，决心一定要报仇，一定要救回被掳走的人民群众。

洞头岛反登陆

挫败敌人再次偷袭

1950 年 10 月 25 日，由于形势的变化，洞头列岛的解放军主动撤出洞头岛，区人民政府移驻大门岛，不久，国民党军队占领了该岛。

1951 年 6 月和 11 月，温州军分区三〇八团两次攻击洞头之敌，毙俘敌 400 余人，给敌军以沉重打击。但这个时候洞头岛还被敌人占领。

此时，温州沿海岛屿除大门、玉环外，其余大部分为敌所占。

11 月，胡宗南进驻大陈后，积极整编残敌，与解放军争夺小岛，并加强对北麂、北龙、鸡冠山、洋屿等空白点的控制。

这时，盘踞在洞头列岛的敌军，有"独立第七纵队"司令王祥林所属军官作战团、浙南前进指挥所和"江浙反共救国军"吕渭祥部，他们加紧构筑工事，妄图固守洞头列岛。

为了粉碎敌人长期盘踞海岛和窜犯大陆的企图，解除浙南沿海的军事威胁，浙江军区决定派出一〇三师三〇九团和一〇五师三一五团，与温州军分区海防大队协同作战，彻底解放洞头列岛。

经过两个多月的充分准备，1952 年 1 月 11 日 17 时左右，解放军主攻部队在温州军分区司令员夏云飞和一〇五师参谋长刘金山的指挥下，从龙湾、黄华、温州出发，由海防大队的30多只机帆船护送，乘风破浪向洞头岛进军。

21时，乘着夜色，三一五团一营在霓屿登陆，随即发起冲锋。

三连担任主攻，从霓屿北面的布袋贡攻占霓屿大山顶；一连在西北侧长坑垄一带卡住可能逃窜之敌，并向大山顶进击。

这样两面夹击，将守敌全部歼灭。

二营分别在大程、半屏山登陆，确保三〇九团的侧后安全。

21时40分，三〇九团分别在洞头岛的沙贡、洞头码头和鼻子尾登陆，快速占领有利地形。

12日凌晨，早已憋足了劲的解放军战士们，向敌人发起了猛烈的进攻。在一阵枪炮声中，占领了北氛双垄、东沙等地，截断了敌人的后路，将敌人压迫到北烟台山，看来敌人是必死无疑了。

12日15时，奉命增援的三五一团三营劈波斩浪，乘船抵达洞头岛，进驻东番。

三营七连和九连进入岛北面的桐桥一带，八连进入北烟台山下，搜捕散敌，并严密监视洞头岛东面大小竹屿岛周围海面的敌情。

这个时候，二营也从半屏山到达洞头岛东南面的东

咎待命。

到这时，敌人已完全陷入解放军的包围之中，只待瓮中捉鳖。

再说解放军三〇九团，他们于 12 日 8 时向北烟台山守敌发起攻击。

全团指战员英勇善战，狠打猛攻，两个小时后即结束战斗，歼敌 50 余名。

"敌第七纵队"司令王祥林见势不妙，带领军官作战团夺路进入棺材岙，一面据险负隅顽抗，一面向大陈守敌请求支援。

棺材岙地处洞头岛东北侧，四周环海，仅有一条狭长的海沟与洞头岛连接。这条海沟，潮退为径，潮涨为沟，就像一口棺材。敌人凭借这里的险要地势，构筑了许多明碉暗堡，火力密布。

三〇九团决心把敌人埋葬在这口大棺材里，以两个连的兵力，先后于 12 日 17 时和 13 日 2 时，向棺材岙守敌发起进攻。

由于受潮水影响，上山的道路更加狭窄曲折，部队运动困难，兵力不易展开，两次进攻均受挫，但这并没有影响战士杀敌的决心。

为防止大陈岛胡宗南的增援，解放军登陆部队必须尽快结束战斗。

经进一步侦察敌情后，他们调整了战斗部署，以防止敌人的反扑，部署如下：

一方面派出船只在海上巡逻，防止敌人下海逃窜；另一方面调军分区山炮连支援。

　　15日15时，解放军发起总攻。师参谋长刘金山亲临前线指挥作战。

　　山炮连集中火力向棺材岙实施轰击，在一阵轰鸣声中，敌人的明碉暗堡一个个飞上了天，将守敌炸得血肉横飞。

　　随着炮火的延伸，解放军三一五团七连两个排率先冲进敌阵地，为后续部队开辟了前进的道路，和敌人展开了激烈的战斗。

　　在解放军占领敌第一道防线后，三排战士直插敌后，敌军全线崩溃，一部分残敌退至棺材岙的村庄里，解放军突击队插进村庄，同敌人展开激战。

　　在这次战斗中，洞头群众作出了重大贡献。战斗中，部队伤亡较多，前线缺水少粮，伤员得不到及时抢救。北沙、北岙、双朴等地的几百名群众自发来到前线，给战士们送饭送水，还运送伤员、粮食和武器弹药等。

　　桐桥村的上百名群众都是自告奋勇，帮助部队把大炮扛上山安好。

　　由于解放军将士的英勇奋战和人民群众的积极支援，发起总攻40分钟后，就攻克了棺材岙的敌人阵地，把红旗插上了顶峰观潮山。

　　16日夜，海防大队在三盘岛后的一个小岛的小洞里，活捉"独立第七纵队"司令王祥林。

洞头岛反登陆

这一仗，共毙敌 324 人，俘敌 530 人。

此外，还缴获迫击炮 2 门，火箭炮 1 门，轻重机枪 21 挺，高射机枪 1 挺，长短枪 544 支。

棺材岙，没有能够阻挡解放军的猛烈进攻，却成了敌人的葬身之地。

这次战斗打得非常艰苦，经过 3 天的激烈奋战，洞头列岛终于再次回到人民手中。

为纪念洞头解放，1956 年，县人民政府在北岙修建了一座烈士陵园，让那些为解放洞头而献出生命的烈士在此安息。

五、 重挫登陆之敌

● 9 月 7 日，独立第九营一个连在惠安城西北约 13 公里的七丘山一带发现"永安纵队"后，马上占领高地。

● 解放军部队开始用远程炮炮击南日岛周边海域，封锁南日岛通往金门岛的海上通道，一场大战一触即发。

● 驻金门国民党军七十五师二二三团及海匪突击大队共 3000 多人再次窜犯湄洲岛，来势汹汹。

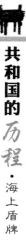

毛泽东发出防卫意见书

1951 年 1 月 13 日，面对敌人的不断袭扰活动，毛泽东给中国人民解放军华东、中南军区陈毅、邓子恢等人发电报。

电文如下：

> 要根据朝鲜局势以及台湾当局可能对大陆沿海等地大规模进犯的情况，拿出对策。

1951 年 1 月 24 日，毛泽东又发出名为《对东南沿海设防和构筑工事的意见》的电报，该电报发到了各有关军区。

电文如下：

邓、谭、赵、苏，并告陈、唐、张、周及剑英、漱石、陶铸及广西军区：

一月十七日电悉。

一、过去未经你们察看设计，盲目地构筑工事，浪费甚大，是一教训。以后凡需支用经费，构筑工事、要塞、修建道路、房屋、仓库等项，均需经过你们派人察看设计，做出预算，经过中央审核批准，然后动手兴建，否则不予报销。

二、虎门要塞修建计划已定，费用照发。

三、榆林港是否照虎门那样建筑一个炮兵团的要塞，你们可设计做预算电呈考虑。

四、对海外守岛部队做出两个方案是对的。珠江口外各岛中必须坚守者，应有物质准备，也是对的。

五、汕头至大亚湾一线及其他海岸线与内地，根本不要修筑什么工事或要塞，敌来让其登陆，并须诱其深入，然后聚而歼之。军队须离开海岸线，驻在便于按照上述意图歼灭敌人的适当地点，从事整训，不要去守海岸线。为稽查特务潜入及打灭少数匪众登陆，应由保安队及地方武装担任。

六、修复公路上的桥梁是必要的，但只要普通军车能行即可，不要特别大修，按此规模修建的费用可以照发，否则不发。

七、敌人进攻，只有蒋匪，不会有外国人。蒋匪有五十万军队，其中海军、空军、军事学校、军事机关、地方部队、军人家属等占了二十余万，能作战的正规陆军最多三十万人，至少须留十万人守备台湾，故能动用侵粤侵闽侵浙者最多不过二十万人。即使他集中二十万人

重挫登陆之敌

打一处，只要他登上大陆，我均可以两三个军至多三四个军各个歼灭之。在我们方面，只有虎门、厦门、舟山、吴淞四处及珠江口外某些海岛必须确保，不令侵入。

其余一切海岸线，都不要守而要让他进来，以利聚歼。海南岛不是能养活十万以上军队的地方，故在十万人以下登陆，我有一个正规师及冯白驹部在岛上坚持，再将四十三军主力加上去，即可各个歼灭之。

许多共产党员打了二十几年的仗，忽然把经验都忘了，到处修工事，畏敌如虎，你们应加教育，叫他们不要如此。

八、在厦门、舟山、吴淞三处修建阵地及福建、浦东等地修理道路桥梁，请陈、唐、张、周指示下面注意只择十分必要者好好设计修建之，务须避免浪费。

毛泽东

一月二十四日

尽管解放军形成了以反登陆为重点的三重防线的陆上防卫体系，但当时美蒋军对大陆更现实的威胁与其说来自海上的登陆作战，不如说是来自空中的袭击轰炸，因此加紧建立和完善防空体系就成为确立东南沿海防卫战略和防卫体系的重要一环。

早在朝鲜战争爆发之前，中央军委就已经认识到加强防空力量、建设防空体系的重要性，朝鲜战争的爆发和国家安全环境的改变，以及美蒋空军对大陆沿海地区城市的骚扰轰炸，无疑进一步加深了上述认识。

1949 年 10 月至 1950 年 3 月，东南沿海的上海、杭州、福州、广州、南京、宁波、青岛、徐州、南昌、镇海等地均遭受过国民党空军的轰炸，其中仅上海一地就被炸 26 次。

特别是从 1950 年 2 月 6 日开始，国民党空军连续对上海进行了大约一周的轰炸，造成 1400 多人伤亡，2000 多所房屋被毁。

对国民党空军对大陆的疯狂轰炸，毛泽东指示认为：

> 解放军如果赴朝与美军作战，美国一定会动用空军轰炸中国的大城市和工业基地，同时动用海军攻击大陆沿海地区，因此必须做好充分准备。

防空体系的建立和防空力量的整备包括空、地两方面，主要是空军。但解放军空军初创，无论在数量上还是在质量上，都相当弱小。

为了在朝鲜战场上消除美国空军的空中威胁，保护地面部队，中共中央和中央军委基于"朝鲜战场第一"的考虑，首先把刚刚建立的、有限的空军力量派往了朝

重挫登陆之敌

鲜战场，几乎没有在东南沿海地区配备空军力量。

毛泽东曾致电陈毅：

> 由于准备参加朝鲜战争，不能在华东军区配备空军，华东全军应完全依靠自己的力量担负起歼灭国民党军的任务，不能期待外来援助。

因此，东南沿海地区防空体系的建立主要依靠地面的高射炮兵部队以及探照灯、雷达、对空监视等部队，以对抗美蒋空军的空中威胁。

1950年2月8日，中央军委紧急调动正在防空学校受训的高炮第十七、十八团到上海担负防空作战任务。2月11日，成立上海防空治安委员会。

2月21日，中央军委决定在华东、中南、东北、华北各军区设置防空监视所，在主要大城市和重要工业区设立防空司令部。

自3月中旬上海防空司令部成立到5月11日，上海防空部队共进行防空作战4次，击落敌机5架。7月4日，总参谋部指示各军区：

> 鉴于美军在台湾海峡和朝鲜战场的动向，有必要不分昼夜地进行对空监视警戒，强化防空体系。

早在 1945 年 11 月，**解放军就编成了第一支高炮部队**，但高炮部队的发展壮大却是在新中国成立前后，伴随着东南沿海防空体系的形成和加强而实现的。

1949 年 8 月 11 日，中央军委根据聂荣臻、杨尚昆、杨立三的建议，决定编成 10 个高炮团和 10 个高射机枪团，担负城市防空任务。

1950 年 2 月 9 日，第四野战军特种兵司令部高炮指挥所与河南军区第二警备旅直属机关合并，成立高炮第一师，驻守武汉。

4 月 12 日，在东北军区第四、第五高炮团的基础上，编成高炮第二师，驻守沈阳。

5 月 13 日，华东军区淞沪警备司令部高炮指挥所与陆军第一〇〇师合并成立高炮第三师，驻守上海，解放军高炮部队正式形成。

1950 年 8 月 10 日，中央军委下达关于扩大防空部队的指示。

9 月 7 日，当时任中央军委炮兵部副司令的苏进向毛泽东、周恩来建议，到 10 月份，编成 15 个高炮团，年底前在 10 个大城市部署高炮团。

10 月，成立了全国防空计划委员会，统一负责全国各地防空计划的制订和组织实施。同时中央军委请求苏联援助 15 个高炮团的武器装备。

1950 年年底，组成了 22 个高炮团。到 1951 年年底，组建了 26 个高炮团、6 个独立高炮营，共有高射炮 975

重挫登陆之敌

门。高炮部队除配置在作为朝鲜战场大后方的东北地区外，优先配置于东南沿海地区。

1951年1月21日，中央军委发布《统一城市高炮部队番号的命令》。据统计，在当时已组建的23个高炮团中，华东军区有6个，中南军区有3个，东北军区有8个，华北军区有5个，西南军区1个，总共有9个高炮团配置于东南沿海地区。

总之，东南沿海地区防空体系的建立，是以高炮部队的建设和扩充为中心的。尽管因为是新建部队，在现实作战能力上还有所不足，但在该地区没有配备空军力量的情况下，通过高炮部队的数量增加、质量强化和作战经验的不断增长，不仅建成了较为完善和严密的防空体系，而且为保卫祖国领空、打击来犯之敌、维护人民生命财产的安全作出了巨大贡献。

中央军委确定歼敌方针

毛泽东发出重要指示后，为了有效打击敌人，中央军委也向几大军区确定了具体歼敌方针：

确保重点、诱敌深入、聚而歼之。

解放军在调整了兵力部署、加强对重点地区和岛屿的保卫后，台湾当局自知派遣大部队袭扰起不到作用，就决定停止实行大规模进犯大陆的军事行动，仍然以小股武装的形式袭扰沿海边防地区。

长时期地袭扰和破坏，已经让敌人处处碰壁。

为了继续达到袭扰大陆沿海的目的，国民党一改原来以窜犯沿海地区为主的作战形式，把活动舞台由沿海拉到了内陆山区，将"海上阵地"移至"山区根据地"。

根据这一战略构想，台湾当局除继续利用海匪武装"壮大力量"外，还专门成立了"敌后工作委员会"和"大陆游击总指挥部"等长期工作机构，妄图在美国顾问对匪特分子进行游击战训练之后，再次掀起"反攻"的"高潮"。

为了实现建立"敌后游击区"的美梦，1951年6月至9月，台湾当局4次派遣6股共800余人的武装匪特，

重挫登陆之敌

在南到广东海南岛的琼东县，北至浙江的象山、乐清县和中到福建的惠安县等漫长的海岸线上，先后登陆袭扰，但均被严阵以待的当地军民一举歼灭。

1951年9月17日，蒋介石亲自召见了胡宗南。

落座之后，蒋介石笑着亲自为胡宗南倒了一杯茶，然后，背着手在室内踱着步子，只是默默叹气，却没有说话。

胡宗南不明白蒋介石为何要急匆匆召见自己，就试探地问："委员长找我有什么吩咐吗？"

蒋介石停下脚步，背对着他站着。

片刻，蒋介石带着感情地说道："寿山，你是最值得我信赖的人，这些年来，我被那些说假话的骗子可害苦了，让我困守这小小的台湾岛，丢了江山社稷啊，现在，我很想听听真话，哪怕半句也行，想知道你心里是怎么想的。"

胡宗南听到蒋介石这么看得起自己，有点受宠若惊，连忙站了起来，一副恭维的样子。

蒋介石转过头，笑着走来，说："寿山，以你之见，这浙东诸岛还能否守住？"

胡宗南知道蒋介石向来喜欢别人拍他的马屁，但胡宗南觉得，现在站在自己面前的蒋介石，似乎与以前有点不一样了。

于是，胡宗南说："委员长既然信得过我，那我只好直说了。以我之愚见，我军虽然退守台湾孤岛，但孤岛并不孤。"

蒋介石拍拍他的肩膀说："寿山请说下去。"

胡宗南接着说："说它不孤，根据有三点：第一，强大的联合国部队正在朝鲜战场上与共军决战，这是对委员长'反攻大陆'方针的最大支援；第二，有美军的第七舰队帮助我们守卫台湾岛，再加上中美'防务协定'，台湾就等于进了保险箱，万无一失了。这最后一点嘛……"

胡宗南没有把话说完，停了停，用眼睛的余光看了蒋介石一眼。

蒋介石不希望他卖关子，说道："是什么？快说吧！"

胡宗南喝了口水说："这最后一点嘛，是这样的，现在，浙东诸岛仍然为我军掌握，这些大大小小的岛屿，既是拱卫台湾本岛的门户，又是反攻大陆的前沿基地。有了这些岛屿，咱们的失地就不愁夺不回来。只是……只是目下守岛部队编制混乱，缺乏统一而正确的指挥，恐怕后果堪忧啊！"

胡宗南说完这句话之后，心里七上八下的，怕蒋介石会批评他。

蒋介石要的正是胡宗南的这最后一句话。于是，他以命令的口吻说道：

"知我者寿山也。大敌当前，为了党国之大计，从今天起，我任命你为'浙江人民反共游击队'总指挥兼省主席，钟常青少将做你的副手。以后，浙江诸岛的防务

重挫登陆之敌

就由你全权负责了。"

蒋介石为什么要召见胡宗南呢？原来台湾当局袭扰破坏的企图遭到沉重打击之后，仍不甘心失败。蒋介石倚恃台湾与美国签订的"防务协定"，企图改变战术与解放军继续抗衡。

蒋介石觉得既然小规模袭扰达不到目的，那么就干一场大的，于是制定了"以大吃小，速进速退"的战术，企图进行垂死挣扎。

所谓"以大吃小"，即动用几倍或数十倍优势兵力，在其海、空军的协同下，突然袭击解放军防御力量薄弱的海岸突出部分或沿海岛屿，力争歼灭解放军守岛小分队，一旦解放军大部队赶往增援，便迅速撤离。

这种"打了就跑"的战术，一直沿用到第二年在进犯东山岛遭到惨败后方才停止。

9月18日，胡宗南见过蒋介石的第二天，他便奉蒋介石的命令，把浙江沿海诸岛的杂牌军统一纳入突击大队和一个海上游击纵队，并从台湾先后增调4个军官战斗团和几艘军舰，所拥有的兵力已经达到几万人。

胡宗南为了给东南沿海的匪军"打气"，亲自拟发了一份电报。

他的电文是这样说的：

各驻岛国军同仁：

悉共军近日有攻打我浙江沿海诸岛之意图，

望众官兵齐心协力，同守自己之世界。为党国
效劳。坚守者，将大赏。

胡宗南

9 月 19 日

　　胡宗南为了收拢人心，也做了大量的工作，他在刚
刚上任的时候，就与副官钟常青亲临浙江沿海诸岛巡视，
犒劳守岛官兵。有的士兵手捧着胡宗南从蒋介石那里
"特批"的大洋，纷纷表示愿意效犬马之劳。

重挫登陆之敌

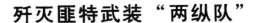

歼灭匪特武装 "两纵队"

　　1951年9月上旬，海匪"福建省反共救国军南海集训总队第二大队"，把所属几个中队编成了两个纵队。

　　第一个纵队，以海陆匪头目、原国民党仙游县警察局督察长陈令德为"泉州纵队"司令，率领240余人，准备内窜晋江、仙游、惠安三县结合部四角亭山区，建立"游击根据地"。

　　第二个纵队，以海陆匪头目、原国民党德化县县长陈伟彬为"永安纵队"司令，率众130余人，拟深入德化、永安一带活动。

　　9月4日夜，这两股海匪从乌丘屿装船起航。23时，陈令德股在惠安郭厝附近登陆，摆脱民兵的阻击后，直奔涂岭。

　　在同一时间，陈伟彬股在惠安霉洋附近登陆，化装成解放军剿匪部队，顺利抵达杏田附近，并没有受到任何的抵抗。

　　5日上午，敌人两纵队先后越过福厦公路向晋江、仙游、惠安三县结合部疾进，沿途蒙骗和诱杀了一些民兵、区乡干部和群众，气焰十分嚣张。

　　晋江军分区领导人获悉后，迅速判明其企图，马上部署所属各路追歼、围堵。

福建军区也命令所属第二十五军第七十四师就近投入战斗。

在北路，解放军福建军区警备五团一个营、晋江军分区独立第七营一个连及当地区中队、民兵，奋起跟踪追击堵截，想法拖住敌人。

七十四师二二〇团三营乘汽车赶到涂岭后，也立即奔赴预定战区，于5日、6日两天内，在园头庄、习义路、东山寨等地先后与陈令德匪部接触。

解放军和敌人经过激烈的战斗，歼匪约90人，并于晋江洪岩附近对该匪部形成包围态势。

敌人发觉后，马上命令分散逃窜。

在南路，解放军在查明情况后，七十四师二二一团一营（欠二连）、三营于6日中午开始奔往晋江河市、驿坂两地。

然后，二二一团在晋江军分区独立第一、第二、第九营的四个连和区中队、民兵的配合下，分三路追击陈伟彬股匪。

敌人见状狼狈逃窜。

二二一团二连则赶往大均溪地区，防匪西窜。

9月7日，独立第九营一个连在惠安城西北约13公里的七丘山一带发现"永安纵队"后，马上占领高地，向匪部猛烈开火，击毙陈伟彬。

敌人纵队顿时大乱，随后马上向白洋山逃窜，又被南路剿匪部队包围，被歼40余人，余部又转向七丘山方

重挫登陆之敌

向突围。

敌"两纵队"登陆后的两三天内，解放军七十四师、八十七师二六〇团各一部和地方武装等共 23 个连队、9 个区中队，以及几个县的上万名民兵，对敌人形成多层的包围圈。

敌"两纵队"残部东奔西窜，见到处都是解放军和民兵，知道突围无望，就分散流窜于晋江洪岩、河市一带山林中，负隅顽抗。

这个时候，福建军区司令员叶飞亲临战区，在研究之后，决定分散部队，在民兵配合下四处搜剿流窜小股匪徒。

经过 4 天的大范围搜索与小型战斗，再次歼匪 70 多人。

从 13 日起，解放军又开展了群众性的军事清剿与政治瓦解活动，使漏网残匪陆续就歼，敌人再也找不到藏身的地方了。

9 月 15 日，匪徒陈令德孤身一人化装成流浪和尚，企图下海逃命。当他窜至仙游县海边沧溪乡时，被站岗的民兵抓住。

这个当年活埋过进步青年 10 多人、解放后又杀害过 20 多名乡干部和人民群众的罪大恶极的匪首，终于落入了法网。

经过晋江地区军民 20 多天的奋战，至 9 月 28 日完成围剿任务时，这两支经过美国军事顾问精心训练、号称

"全美式装备万能情报员"的特务武装，除 8 人乘隙逃向海外，其余全部被歼。

解放军缴获轻重机枪 18 挺、长短枪 293 支、六〇迫击炮 2 门、火箭筒 7 具、电台 9 部及其他军用物资。

经过福建晋江地区军民历时半个多月的全力清剿，这两支曾不可一世的匪特武装全部被歼和被俘。

台湾当局内窜建立"根据地"的企图，又一次遭到惨败。

重挫登陆之敌

抓获空投武装特务

1951 年 11 月 16 日 1 时许，由台湾桃园机场起飞的一架国民党 C－46 型飞机，飞临大田县万湖乡上空，企图从空中进行窜扰。

敌人在海上窜扰遭到惨败后，后来又改为空中窜扰的方式。

敌机投下一组 5 名武装特务，全部于东埔村附近地区着陆。

这股特务就是台湾国民党安全局所派遣，企图与大陆潜伏匪特取得联系，以戴云山为依托，建立"游击根据地"。

东埔村部分群众被飞机声惊醒后，大家都感觉是有敌人来犯了，便纷纷出门观望，只见空中有 5 个黑团子飘坠，就立即赶往降落地点查看情况。结果有个农民被特务强行抓走，强迫为其带路。

这个农民中途趁特务不备逃脱，飞奔回村报告民兵。

区武装部干事及土改工作队员迅速集中民兵 100 多人，于 3 时左右将国民党空投特务团团包围，展开了细致的搜捕。

黎明时发现了匪特足迹，在跟踪搜索中活捉特务组长邱中洪，击毙组员 3 名，另一名特务因降落距离较远，当时未擒获。

大田县独立营接到报告后，以一个排于两个小时内急行 15 公里的速度前往围堵。

邻近县、区立即指派干部赶往边沿交界地区，发动民兵、群众进行严密封锁，盘查过往行人。

24 日，最后一名特务也被抓获。

至此，将 5 名空降武装特务全部歼灭，缴获收、发报机各两部，还有几宗密码文件等，使敌人从空中进行窜扰的企图也遭到了惨败。

白沙岛反登陆袭扰作战

1952 年 3 月 28 日，胡宗南命令吕渭祥、王枢两个上校指挥官，率领 1000 多名"反共救国军"，在黑夜的掩护下，分乘 23 艘机帆船、9 艘海军舰艇，向海门镇东北岸大约 5 公里的白沙山岛发起了突然袭击。

此刻，在敌人的突然袭击下，白沙岛守军警卫连三排哨兵吕洪书听到头门山方向有马达声，马上向值班排长徐忠报告。徐忠听到报告后，迅速命令七班加强巡逻，九班组织兵力前往阵地进行抗击，另一方面，徐忠向连长顾展宏请示迎敌策略……

原来，早在 1952 年春天，内地展开了轰轰烈烈的"三反"运动，部队也进行了大规模的整编，暂时放松了对东南沿海的防御。这个时候，蒋介石认为解放军被政治问题困扰着了，自顾不暇，正是"光复大陆"的难得良机，于是秘密电告胡宗南。蒋介石的命令如下：

胡主席：

抓住战机，寻隙出击，严惩共军，为党国效力。

蒋中正

3 月 20 日

胡宗南见蒋介石依然如此看重自己，高兴坏了，他连夜召开了守岛敌军头目会议，部署秘密的"袭共"计划。

这个时候，海水正在慢慢地涨潮，敌海军舰船就趁涨潮的机会向解放军的阵地猛烈地射击。顿时，白沙山岛上一片火海，烟雾弥漫。

敌人在舰炮的掩护下，如饿狼一样猛扑过来，嘴里还疯狂地叫喊着。大批敌人从一艘艘舰船上涌下来，纷纷登岛上岸，向解放军守岛部队开枪射击。

在敌人的强大攻势下，解放军三排七班大部伤亡，其中一个江苏籍的战士身上中了30多发子弹。排长徐忠在与敌人抵近射击中，一连打死3个敌人后，头部中弹大量出血，最后献出了自己宝贵的生命。

敌人见解放军的防御阵地难以支撑下去了，又集中兵力向纵深攻击。连长顾展宏马上命令二排投入战斗，激战半个小时后，难以再坚持，便退到147.5高地，依靠有利地形进行顽强抗击。

获悉敌人偷袭之后，解放军六十二师师长孙云汉迅速部署，命令就近的该师海防大队长齐德胜和陈超政委派部队火速支援。

孙云汉又发电报给驻海门的华东军区海军炮艇大队长陈雪江和台州军分区机帆船大队长戴玉生，让他们派舰船支援白沙岛战斗。

重挫登陆之敌

陈雪江和戴玉生接到命令后，分别率领各自的舰、船大队全速向白沙岛海面急速行进。但由于天气相当恶劣，大雾弥漫，都迷失了方向，让两位指挥员心急如焚。

这场战役一直打到第二天。后来，停泊在白沙岛附近海面上的敌军舰船，将几十门火炮同时对准147.5高地，进行狂轰滥炸。

丧心病狂的敌人依靠炮火的支援，向解放军坚守的高地发起反复的攻击。在这个时候，前来支援的解放军陆军先头部队因受到敌人炮火的拦阻，一时难以发挥作用，滞留在那里。

3月29日8时30分，战斗依旧在继续，此刻，解放军一八六团二营从上盘涉水上岛增援，让守岛部队大受鼓舞，杀敌的信心更足了。

陈雪江率领的海军炮舰第二次来到白沙岛海面，与敌舰船展开了激烈的炮战。敌指挥员吕渭祥、王枢见陈雪江的炮艇火力猛烈，而且两艘机帆船被解放军炮艇当场击沉，他们发觉自己已经被包围了，于是，敌人一面指挥敌舰继续对解放军炮艇进行抵抗，一面命令登陆部队快速撤退。

敌人在撤退中，陈雪江海军炮艇以火力进行追击，敌一艘机帆船中弹起火，陈雪江又命令继续开炮射击，终于将其击沉。

敌人在这次偷袭行动中，共损失200多人。

敌人在败退后仍不甘心失败，卷土重来。在1952年

6月10日，胡宗南又亲率1200余人进犯浙江温岭县的黄焦岛。

黄焦岛的解放军一个连，誓死保卫阵地，激战18小时，后又在增援部队的配合下，将未及上船逃跑的敌人全部歼灭。

在此次战斗中，共歼灭胡宗南部310人。

重挫登陆之敌

南澎岛反登陆袭扰作战

1952 年 10 月 19 日，人民解放军主动出击，以一个加强步兵营和一个炮兵营的兵力，经过 4 个小时的航渡，登上国民党军袭占的南澎岛。又经过 6 个小时的激烈战斗后，全歼岛上敌军 118 人，击毙其少将指挥官，收复了南澎岛。

南澎岛，位于汕头地区的南澳县东南方向，距县政府所在地只有 10 多海里，是南北海上的交通要道，别看小岛不大，战略地位却十分重要。

原来，在 1952 年 9 月 20 日，国民党"福建反共救国军"闽南地区指挥部第一纵队 100 多人，乘炮艇、机帆船各两艘，突然从三处实施包围，企图抢占南澎岛。

解放军组织岛上民兵英勇阻击，猛烈打击敌人，经过几个小时的战斗，子弹打尽了，战士们拉响了最后一颗手榴弹与敌人同归于尽。

因敌众我寡，南澎岛便落入了敌手。

从此，敌人以该岛为据点，无恶不作，疯狂抢劫过往船只，严重威胁过往商船的安全，渔民也不敢到附近海域捕鱼。

为了打击敌人，夺回该岛，中南军区海军汕头巡防区巡逻艇队，奉命掩护和支援陆军第四十一军一个加强营进行登陆战斗。

对于作战时机的选择，巡逻艇队考虑到解放军还没有制空权和制海权，决定采取灵活机动的战术。

为此，巡逻艇队要求侦察员掌握敌舰来去的活动规律，采取夜间作战的对策，避免与敌机和常来南澎岛活动的敌驱逐舰正面交锋。部队进入临战状态，等待机会寻求战机。

10月14日13时，巡逻艇队对南澎岛之敌进行火力侦察。

19日17时，指挥艇巡逻艇1号、3号、4号和5号与陆军载炮火力船组成战斗编队。

战斗编队在南澳、澄海、饶平三县500多民兵配合下，由南澳岛深澳湾起航，浩浩荡荡向南澎岛挺进。

为打敌人一个措手不及，战斗编队实行严格的灯火管制，只打开离水面一米左右高的船尾灯，而且只露一条缝，透出一线亮光，提示后续艇船保持距离，避免碰撞，争取在战斗打响以前不让敌人发现。

战斗编队于20时抵达南澎岛，艇队掩护登陆部队登陆，并以前后主炮对岛攻击，摧毁了敌人的指挥所和电台，切断他们与台湾的通讯联系。

陆军上岸后，艇队于23时按计划立即向南澎岛至台湾方向10多海里的海区转移，进入警戒区巡逻警戒，准备阻击台湾来援的敌舰艇。

20日9时，激战6小时后，登陆部队全歼岛上之敌，

重挫登陆之敌

收复南澎岛战斗，虽然规模不大，但它是中南军区海军汕头巡防区成立以来第一次陆、海军联合作战，打出了士气，打出了军威。

此次战斗，毙敌第一纵队少将司令黄颂生，上校副司令陈志山以下 106 人，俘敌纵队政治部主任高学谦以下 37 人，打击了敌人的嚣张气焰，受到中央军委、中南军区的通令表扬和嘉奖。

南日岛反登陆袭扰作战

1951 年 12 月 7 日凌晨，海匪"福建省反共救国军南海纵队"参谋长黄炳炎率 4 个中队 500 余人，在南日岛岩下登陆，分五路向解放军八十三师二四九团侦察排扼守的尖山及 167.2 高地发起攻击。

解放军侦察排临危不惧，坚守阵地，阻击了敌人的多次进攻。

6 时 30 分，二四九团二营和一营二连渡海进行增援，与侦察排共同向海匪实施大规模的有力的大反击，歼灭敌人 150 余人。

到了 1952 年 10 月 11 日，驻金门国民党军七十五师师长率二二四团、二二五团，十四师四十一团、四十二团及海匪"南海集训总队"突击大队共 9000 多人，分乘 10 艘舰艇、数十艘机帆船及帆船，在 8 架飞机的掩护下，再次窜犯南日岛。

这次在南日岛的反登陆战斗，是建国初发生在莆田沿海规模最大、时间最长的一次国共两党军事对抗战。

疯狂的敌人企图"以大吃小"，消灭解放军的一个加强连，扩大其政治影响。

在 7 时，敌七十五师两个团潜伏在该岛岩下附近，突击大队在九龙山一线登陆，分三路向解放军进攻，敌

重挫登陆之敌

十四师两个团于当日下午登陆。

解放军海防部队事前获悉国民党军窜犯企图，但未能及时抵抗，以致解放军守岛的第八十三师二四九团一连陷入了绝对优势的国民党军的包围之中，与敌人进行了艰苦的战斗。

南日岛位于湄洲湾与平海湾交界处，整个海岛地形为扁长形，故有东西半岛之称。

离该岛约 18 公里远的乌丘屿被国民党军队所占领。从东南沿海的战略位置上看，南日岛是祖国大陆的门户和屏障之一，素有前沿阵地之称，故始终成为国民党台湾当局袭击的目标。

自 1951 年冬到 1952 年夏，蒋介石 8 次派兵袭击南日岛，企图以南日岛为跳板，实现"反攻大陆"的计划。但在驻岛部队和岛上民兵的英勇反击下，占领南日岛的企图始终未能得逞。

由于建国初期敌人进犯南日岛过于频繁，而又屡遭失败，从而助长了驻岛部队的轻敌麻痹思想。因此，驻南日岛的守备部队对敌占岛的一些异常迹象没有引起足够重视，也没有及时上报。

所以这次战役之前，国民党方面派遣特务进行了实地侦察，如一些特工人员假冒收海鲜、理发和做小买卖的老百姓在岛上进行登陆前的侦察，以及岛上的敌对势力频频活动，夜间向乌丘屿方向发射电光信号等，这些异常迹象却没有引起守备部队的警惕。

经过国民党当局一番精心筹划之后，蒋介石于 1952 年 10 月初签署占领南日岛的命令，决定 10 月 10 日武装进攻南日岛。

10 月 10 日 9 点，由国民党陆军第七十五师二二四团、二二五团及南海总队共 6000 多人从金门出发，直逼湄洲湾。

敌人分二路进攻，部署如下：

第一路由南海总队组成，约 1500 多人，装备了全新的美式武器，配有两艘兵舰、一艘炮艇和两艘登陆艇，由王盛傅、黄炳炎为总指挥，在国民党莆田县长陈文照的亲自带领下，在南日岛的东半岛登陆。

第二路由国民党陆军第七十五师的两个团，配有三艘兵舰、两艘炮艇和两艘登陆艇，由师长王光尧率领，在南日岛的西半岛登陆。

当时，南日岛的守岛解放军仅有两个连队和两个加强排，而且是一个侦察排和一个炮排，共 400 人，分布在东西两半岛。

东半岛有四个排，驻扎在西沙乡，西半岛有四个排，其中一个班驻扎在尖山这一南日岛的最高点，其他的全部驻扎在石盘乡。

当时莆田县驻南日岛的工作组和区干部有 20 多人，民兵骨干 200 多人。

从总体上看，岛上的我军军事力量还比较薄弱，只能凭着构筑良好的阵地和有利的地形条件，对小股敌军

重挫登陆之敌

进行阻击。

10月11日6时，国民党陆军第七十五师两个团和南海总队分别到达登陆地点。

敌南海总队从南日岛东面的港南乡登陆后，马上组织火力攻击守岛解放军的前沿阵地，占领了九龙山和西户山制高点，并同守岛的解放军在西沙乡与港南乡交界处发生激烈枪战。

在敌强我弱的情况下，解放军指战员临危不惧，英勇奋战，同南海总队进行了殊死决战。

敌南海总队则以优势的兵力，先用阵炮攻打守备部队的前沿阵地，然后集中火力进行疯狂的猛攻。

守备部队据险坚守阵地，击退敌南海总队的多次冲锋，战斗持续了9个多小时，但终因寡不敌众，被迫放弃阵地，向浮业乡东蔡尾一带撤退。然后，守备部队在山上重新组织火力，阻止敌南海总队的进攻。

与此同时，国民党陆军第七十五师的两个团从南日岛的西面登陆。

敌人为了防止人多拥挤，二二四团从岩下登陆，二二五团从土地坪登陆，然后一路进攻驻石盘乡的守岛部队，另一路进攻区公所。

两股敌人一登陆，就同守岛部队展开阵地战，由于在西半岛有一个机炮排，加强了守岛部队的火力。

守岛战士坚守阵地，奋起反击，用炮火击退了二二四团的多次进攻。

到中午，敌二二四团用炮火摧毁了守岛部队的阵地，集中火力压住守备部队的火力，并分数路进行包抄。

在二二四团的猛烈攻击下，守岛部队阵地被突破，大多数解放军战士壮烈牺牲。

而敌七十五师的二二五团登陆后，马上向海楼乡区公所驻地进攻。

区公所马上组织区武装班迎敌，但因战斗力不强，武装班被迫撤退。

敌二二五团直扑尖山，与驻守尖山的解放军展开激战，终因敌强我弱，守岛战士大多血洒战场。

12时后，西半岛全部被国民党七十五师所占领，情况十分危急。

南日岛的枪炮声惊动了大陆的人民解放军和地方政府。驻福清沿海的部队接到命令后，马上派海军陆战营，外加一个炮排和一个机枪排，从福清下海在南日岛西沙山湾登陆，增援南日岛。

解放军陆战营上岛后，因敌南海总队已长驱直入西半岛的腹部，故没受到敌人的阻击，便向南日岛的西面搜索，并迅速占领了九龙山和西户山高地，于11日晚占领了西沙的一个乡。

第二天，解放军陆战营又继续向西进发，当前进到西半岛海墩乡草埔村时，受到敌南海总队的攻击，双方展开激烈枪战。

解放军增援部队且战且退，当退到西沙、港南交界

重挫登陆之敌

处时，受到敌南海总队的包围，陆战营的全体战士面临生死绝境，临危不惧，奋起反击，但终因寡不敌众，牺牲很大。

部分突围出来的解放军战士向东蔡尾撤退，又受到南海总队的炮击，当场阵亡 20 多人，剩下少数士兵分散在山上和乡村中，有的陆续被捕、被杀，有的分散继续坚持战斗。

与此同时，驻莆田大陆沿海石城地区的边防部队，接到增援南日岛的命令后，马上组织一个营的兵力，于 11 日 14 时分乘 9 艘机帆船，从石城码头下海，增援南日岛。

当增援部队靠近后坎头准备登陆时，遭到敌二二四团炮火袭击，登陆口岸被火力封锁。增援部队的机帆船被击沉两艘，伤 12 人，被迫退回石城。

到 12 日，石城的解放军又派出两个排作为先遣队，希望抢先登陆后，掩护后援部队。

由于组织严密，又利用潮流迅速靠岸，解放军增援部队于当日 18 时在南日岛的坑口成功登陆。

解放军增援部队上岸后向南日粗山方向进发，中途遇到小股国民党军队，敌人见解放军援兵已到，未加反击马上向后撤退。

见敌人开始撤退，解放军增援部队马上追击，击毙多人，生俘 7 人，随后迅速占领制高点，以掩护后援部队登陆。

南日岛的沦陷牵动了中央领导的心，华东野战军第十兵团司令部根据中央军委的指示，命令中国人民解放军陆军第二十八军组织力量，收复南日岛。

从10月12日上午开始，连江、福清、莆田、惠安、晋江、同安、厦门等地的驻军进入紧急战备状态，并对南日岛呈包围态势。

13日上午，驻福清、莆田的解放军部队开始用远程炮炮击南日岛周边海域，封锁南日岛通往金门岛的海上通道，一场大战一触即发。

敌人面对大军压境，开始慌了，加上南日岛的给养有限，一个小岛一下子增加了6000多人，吃住问题难以解决。

此外，国民党由于孤军深入，周边海面已被解放军封锁，蒋介石只好放弃长期占领南日岛的计划。

10月13日，国民党军队在南日岛大肆抢掠一番后，于当日19时左右陆续从南日岛东西两处撤退。

14日凌晨，中国人民解放军发起进攻，迅速在南日岛的众口岸登陆，但因岛上的国民党军队大多数已撤退，零星队伍马上被解放军所歼灭。

南日岛光复。敌人丢下了700多具尸体，只换取了占领南日岛的3天"胜利心情"，反攻大陆的美梦又一次破灭。

这次战斗，击毙进犯的国民党军800余人。

但由于窜扰的国民党军队疯狂地进行烧杀抢夺，岛

重挫登陆之敌

上的党政机关和人民群众也遭到了敌人很大的摧残，整个岛上一片狼藉。

国民党军二二四团一个排的人，在撤逃时乘机逃脱上级的控制，来到莆田鹭鹚屿，于 10 月 15 日携枪械等物资向驻莆田平海的解放军投诚，受到解放军的欢迎。

湄洲岛反登陆袭扰作战

1952 年 1 月 28 日，驻金门国民党军一部及海匪共 1700 人，分乘军舰 4 艘、炮艇 3 艘、帆船数只，在飞机的掩护下，于 5 时 30 分在莆田湄洲岛登陆。

负责机动控制湄洲岛任务的解放军八十三师侦察连，一面报告师部，一面登岛反击。

侦察连在 9 时 30 分抵岛上陆，战至 13 时 30 分，因伤亡较大，被迫分散隐蔽。

到第二天 10 时，国民党军全部撤离，抓走岛上百姓近 300 人。

到 1953 年 2 月 13 日拂晓，驻金门国民党军七十五师二二三团及海匪突击大队共 3000 人再次窜犯湄洲岛，来势汹汹。

解放军二十八军决定以八十二师二四五团和二四四团的两个营，在军区榴弹炮十二团和师山炮营的火力掩护下，登岛歼敌；以二四六团进至莆田笏石地区集结，待命增援。

八十二师指挥所率二四五、二四四团于 13 日分别由驻地出发，经长途行军，于 14 日 11 时前全部到达莆田港里、莆禧、文甲一线。16 时起渡，16 时 50 分在湄洲岛登陆。

国民党军害怕被歼灭，于 14 日 7 时开始撤逃，到 10 时全部撤逃。

重挫登陆之敌

115

南镇反登陆袭扰作战

1952 年 10 月 5 日 23 时 30 分，驻浙江南麂岛海匪"江浙反共救国军自卫总队第二大队"约 600 余人，由一名美国顾问及大队长指挥，乘汽船、木船，在 3 艘军舰掩护下，到达福鼎南镇海面。其中两艘军舰掩护汽船 5 艘和小舢板 19 只，向南镇、大小白路开来。

零时，该路海匪 300 余人，分成两路分别从南镇右侧鼓山和南镇正面登陆，企图围歼解放军驻南镇的一个排，然后抓几百名壮丁回南麂补充部队。

解放军驻南镇的公安七十九团三连一排，在排长陈宽本的果断指挥和当地民兵的配合下，与海匪激战 6 个小时，歼匪 29 人。

6 日 6 时许，登陆海匪仓皇逃窜下海。三连一排乘势追击船上逃敌，击中小舢板一只，翻船溺死匪一部，后来发现海上敌人浮尸 9 具。

公安七十九团二线部队得知情况后，不待命令，即按作战预案驰援。当赶到南镇一线时，海匪已撤逃。

六鳌反登陆袭扰作战

1952年12月14日5时，驻大金门海匪"南海集训总队"一大队一中队和突击大队两个中队共500多人，乘军舰、炮艇、汽船和木船数只，驶抵漳浦六鳌半岛东侧海面。

6时，向林头、东苏、东埔炮击。6时30分，海匪在舰炮和一架飞机的掩护下，开始在大澳东侧、山门角以北登陆。匪第一大队向100高地攻击。突击大队向六鳌山攻击，企图"以大吃小"，歼灭解放军边防小分队。

解放军公安第八十团营九连一排顽强抗击海匪的进攻。其一、三班坚守100高地，连续3次打退海匪冲击，坚守阵地达6小时之久。发现海匪溃退时，又勇猛追击，给匪以重大杀伤。

二班在六鳌山与四面围攻之匪激战两小时，伤亡过半，最后5人与匪徒英勇搏斗，全部壮烈牺牲。

步兵第二七二团三营八连于10时30分进至林头。匪徒发现增援部队到达，即开始溃逃。

匪徒在逃窜时指挥混乱，争相逃命，结果自己撞沉帆船4艘，溺死40多人。12时许，海匪大部下海回窜。

此战，解放军歼匪100余人，毙伤56人、俘敌7人，缴获各种武器44件。

117

1953 年，解放军在东南沿海对窜犯之敌作战 50 多次，歼敌 1300 余名，击沉敌舰船 16 艘，重创敌舰和艇船共 10 艘，俘获敌舰船 26 艘。

通过这一系列的战斗，国民党军队被迫紧缩外围的兵力，退守其主要岛屿。

胡宗南连续受到解放军的沉重打击，他反攻大陆的信心也慢慢崩溃了，自感羞愧，不得不提出辞呈。

蒋介石在胡宗南的辞呈上写下了"同意"两个大字。

蒋介石放下毛笔，又想了想，胡宗南虽然在指挥浙东诸岛反共中吃了败仗，但他毕竟还是一个反共的功臣。于是，他派长子蒋经国到大陈岛，把胡宗南迎回台湾，算是给了他一点面子。

参考资料

《新中国海战档案》 崔京生著 中国青年出版社

《开国十少将》 宋国涛著 中共党史出版社

《新中国军旅大事纪实》 张麟 程秀龙著 湖南人民出
版社

《海滨激战》 本书编委会编著 河南人民出版社

《中国革命战争纪实》 金立昕著 人民出版社

《解放战争大全景》 豫颖主编 军事谊文出版社

《十大王牌军》 本书编委会编著 广西人民出版社

《震撼人心的历史瞬间》 樊易宇 邓生斌著 长征出
版社

《解放军英雄传》 本书编委会著 解放军出版社

《五十年国事纪要》 余雁著 湖南人民出版社

《国史全鉴》 本书编委会编著 团结出版社

《三野十大主力传奇》 张敬山著 黄河出版社

《中国雄师——第三野战军》 本书编委会编著 中共
党史出版社

《第三野战军简史》 王辅一著 中共党史出版社

《高歌向海洋》 本书编委会编著 福建人民出版社

《台海对峙六十年》 本书编委会编著 中华传奇出
版社